そう けん かすみ りゅう

双剣霞竜

八丁堀剣客同心

鳥羽 亮

時代小説文庫

角川春樹事務所

目次

第一章　ふたりの刺客　7
第二章　辻斬り　56
第三章　待ち伏せ　102
第四章　隠れ家　147
第五章　ふたりの秘剣　189
第六章　懐妊　240

双剣霞竜（そうけんかすみりゅう）

八丁堀剣客同心

第一章　ふたりの刺客

1

「今日は、いい稽古をさせてもらったな」

深井浅之助は、野上道場の戸口で霧島佐吉に声をかけた。

そこは、本所石原町にある直心影流、野上孫兵衛の道場である。深井と霧島は、野上道場の門弟だった。

「おれもだ」

霧島は剣袋を手にしていた。剣袋のなかには、稽古で遣った竹刀と木刀が入っている。家でも、素振りや型稽古をやっているのだろう。

型稽古は打太刀（指導者）と仕太刀（学習者）に分かれ、流派で決まった刀法を身につけるための稽古である。太刀捌きや体の動きは決まっているので、木刀で稽古することが多い。

ふたりは掘割沿いの道を南にむかって歩いた。右手には大名の下屋敷がつづき、左手には町家が軒を連ねていた。町家の並ぶ通りを抜けると、左手も大名の中屋敷や旗本屋敷などがつづいている。

七ツ半（午後五時）ごろだった。深井たちは午後の稽古を終えた後、居残りで型稽古をやったので、すこし遅くなってしまった。

曇天のせいか、辺りは夕暮れ時のように薄暗かった。今にも降ってきそうな空模様のせいもあるのだろう。通りは、人影もなくひっそりとしていた。ときおり、風呂敷包みを背負った行商人、職人ふうの男、供連れの武士などが通りかかるだけである。

町家のある通りを抜けると、幕府の御竹蔵の裏手に出た。通りの左手には、大小の旗本屋敷がつづいている。町家がなくなったせいか、通りはさらに寂しくなった。人影はほとんどなく、ときおり羽織袴（はおりはかま）姿の武士や法被（はっぴ）姿の中間（ちゅうげん）などを見かけるだけである。

「霧島、塀の陰にだれかいるぞ」

そう言って、深井が前方を指差した。

見ると、前方左手の旗本屋敷の築地塀（ついじべい）の陰に人影があった。そこに細い路地があるらしい。

「武士だな」

塀の陰に立っている男は、羽織袴で二刀を帯びていた。

「ふたりいるぞ」

霧島が言った。

通り近くにひとり、その背後にもうひとりいた。ふたりとも、武士である。塀の陰に立って、通りに目をやっているようだ。

「辻斬りではあるまいな」

霧島が、警戒するような顔付きで言った。

「まさか……」

深井は、辻斬りとは思わなかった。ふたりの身装から御家人か江戸勤番の藩士のように見えたし、ふたりで辻斬りに立つはずはないのである。

「だれか、待っているようだな」

深井と霧島は、足をとめずに旗本屋敷の築地塀の方に近付いた。

「出てきたぞ」

霧島が小声で言った。

築地塀の陰にいたふたりの武士が、ゆっくりとした足取りで通りに出てきた。そして、足をとめると、深井たちの方に顔をむけた。

ふたりとも、見覚えのない顔だった。ひとりは、長身痩軀である。面長で鼻梁が高く、顎がとがっていた。もうひとりは中背で、浅黒い顔をしていた。遠目にも、がっちりした体軀で腰が据わっているのが見てとれた。武芸で鍛えた体である。

……あやつ、大刀を手にしている。

深井は、中背の武士が大刀を帯びていないのを目にとめた。左手で大刀を持ち、腰には小刀だけ帯びている。

ふたりの武士は深井たちが近付くと、行く手をふさぐように道の中ほどに立ち、

「つかぬことを伺うが」

と、長身の武士が深井たちに声をかけた。

深井と霧島は、前に立ちはだかったふたりから五間ほど間をとって足をとめた。念のために、一足一刀の斬撃の間合から離れて立ったのである。

「何でござろう」

深井が訊いた。

「おふたりは、この先の野上道場のご門弟でござるかな」

長身の武士が訊いた。物言いはおだやかだったが、深井たちにむけられた目は、射

るように鋭かった。

「いかにも。そこもとたちは？」

深井は、まったくふたりのことを知らなかった。

「われらは、近くに住む者でな。野上道場の評判を耳にし、この歳なので入門するわけにはいかないが、機会があれば稽古でもさせてもらおうかと思ってな」

長身の武士は、三十半ばに見えた。

一方、中背の武士は三十がらみであろうか。黙したまま猛禽を思わせるような鋭い目で深井と霧島を見すえている。

「そういうことなら、お師匠に話されるといい。……稽古をさせてもらえるはずだ」

そう言って、深井が歩きだそうとすると、

「そこもとは、深井どのか」

と、長身の武士が声をあらためて訊いた。

「いかにも。それがしに、何か用があるのでござるか」

深井は、長身の武士がなぜ自分の名を知っているのか気になった。

「いや、たいしたことではないのだ。ところで、深井どのは陸奥国の彦里藩の方ではござらぬか」

「そうだが……。よくごぞんじでござるな」

深井は、江戸勤番の彦里藩士だった。ただ、江戸詰になって八年の余になるので、江戸の暮らしに馴染んでいた。深井が彦里藩士であることは、家中の者や野上道場の門弟は別にしてあまり知られていないはずである。

そのとき、霧島の前に立っていた中背の武士が、手にしていた大刀を路傍に置き、すばやい動きで深井の前にまわり込んできた。すると、長身の武士も深井の前から離れ、霧島と対峙した。

「うぬが深井なら、ここで、一手、ご指南をあおぎたい」

中背の武士がくぐもった声で言った。猛禽のような目で深井を見すえながら、腰に帯びた小刀に手をかけた。

「なに！　指南だと」

思わず、深井は声を大きくした。指南などと口にしたが、真剣で立ち合う気らしい。理由は分からないが、深井を斬るつもりなのだ。しかも、この男はわざわざ大刀を手放し、小刀で立ち向かう気のようだ。

「いかにも、一手、お相手、願いたい」

言いざま、中背の武士は小刀を抜きはなった。

霧島の前に立った長身の武士も、刀に手をかけて抜刀の構えをとっている。

「うぬら、何者だ!」

深井が誰何(すいか)した。ふたりの武士は、初めから深井たちを狙ってここで待ち伏せしていたようだ。

「おれたちのことを知らぬなら、それでいい」

中背の武士は小刀の切っ先を深井にむけると、足裏を擦るようにして間合をつめてきた。全身から鋭い殺気をはなっている。

「やるしかないようだな」

深井も抜いた。

2

深井と中背の武士の間合は、およそ三間半。

深井は八相に構えた。相手が小刀なので、振りかぶって上段か八相に構えた方が有利とみたのである。

対する武士は右手一本で小刀を持ち、腕を前に突き出すようにして構え、切っ先を深井の左拳(こぶし)につけていた。小太刀が、敵の上段や八相の構えに対するときの構えである。通常、上段や八相は両手を上げ、柄を握った左拳が前に出るように構えて斬り下ろす。その左拳に、切っ先をつけられると斬り下ろしづらくなるのだ。

……手練だ！

と、深井は察知した。

武士の小刀の切っ先は、ピタリと深井の左拳につけられていた。しかも、そのまま左拳に迫ってくるような威圧がある。これでは、斬撃の間合に入っても八相から斬り下ろすのはむずかしい。

一方、霧島は長身の武士と対峙していた。ふたりとも相青眼である。

深井は目の端でとらえただけなのではっきりしないが、長身の武士の刀は通常より長く、二尺八寸ちかくあるように見えた。

中背の武士が小刀、長身の武士が長刀を手にしている。

「いくぞ！」

中背の武士が低い声で言い、間合をつめ始めた。

見事な寄り身だった。小刀の切っ先は、深井の左拳につけられたままま
ったく構えがくずれなかった。体にも揺れがなく、構えたままの体勢で間合をつめてくる。

深井は小刀に押されていた。中背の武士の寄り身に、腰が浮き上がるような威圧を

感じたのである。

だが、深井は身を引かなかった。

……小刀なら負けぬ。

と、深井は胸の内で思った。大刀なら、小刀が踏み込んでもとどかない間合から斬り込むことができるのだ。

ふいに、中背の武士の寄り身がとまった。一足一刀の間境近くである。

……これは、大刀の間合だ！

深井は、一歩踏み込んで斬り込めば、切っ先がとどく、とみた。大刀にとって利のある間合である。

中背の武士は全身に気勢を漲らせ、痺れるような剣気を放っていた。いまにも斬り込んでくるような気配がある。

……この遠間から仕掛ける気か！

深井は頭のどこかで、小刀では踏み込んでもとどかない間合から斬り込んでくるはずはないとみていた。

だが、中背の武士の全身に斬撃の気配が高まってきた。いまにも、踏み込んできそうである。

フッ、と深井の左拳につけられていた中背の武士の剣尖が下がった。

……面があいた！

感知した瞬間、深井は誘いこまれるように斬り込んでいた。

タアッ！

気合を発しざま、八相から袈裟へ。鋭い斬撃である。

刹那、中背の武士の体が躍動し、深井の眼前に刃光が逆袈裟にはしった。

次の瞬間、シャッ、という刀身の擦れるような音がし、深井の斬撃がわずかに流れた。

中背の武士が小刀を逆袈裟に撥ね上げ、深井の斬撃を刀身を擦るようにしてはじいたのである。

と、深井の眼前に、刃光が横一文字にはしった。

迅い！

中背の武士が、逆袈裟から横一文字に刀を払ったのだ。きらめく稲妻のような一瞬の連続技である。

深井の目に鋭い刃光が映じた次の瞬間、深井は首筋に焼鏝を当てられたような衝撃を感じた。

首筋から生暖かいものが噴いた。

……血だ！

と、深井は頭のどこかで思った。

だが、深井の意識があったのは、ほんの一瞬だった。深井は首筋から血飛沫(ちしぶき)を驟雨(しゅうう)のように噴出させながらドウと倒れた。

中背の武士は口元に薄笑いを浮かべ、

「たわいない」

とつぶやくと、小刀を手にしたまま長身の武士に目をやった。

長身の武士と霧島は、まだ対峙していた。相青眼に構えたままである。長身の武士の切っ先は、やや低く霧島の喉元につけられていた。

中背の武士が、ふたりの方へ近寄ろうとしたときだった。ふいに、長身の武士が剣尖を下げて、面をあけた。

すると、霧島は、
イヤアッ！

と、甲走(かんばし)った気合を発し、吸い込まれるように斬り込んだ。

振りかぶりざま、真っ向へ。遠間から大きく踏み込んでの斬撃だった。

刹那、長身の武士が刀身を撥ね上げた。

キーン、という甲高い金属音がひびき、霧島の刀身がはじかれた。次の瞬間、閃光が袈裟にはしった。長身の武士が撥ね上げた刀を返しざま、袈裟に斬り下ろしたのである。

逆袈裟から袈裟へ。一瞬の太刀捌きだった。

ザクリ、と霧島の肩から胸にかけて着物が裂け、血が迸り出た。霧島は身をのけぞらせて絶叫を上げた。

霧島は刀を手にしたまま後ろによろめいた。肩や胸から噴出した血が、霧島の上半身を真っ赤に染めていく。

霧島は足をとめてつっ立ち、反転して刀を構えようとした。だが、両腕が上がらなかった。霧島は苦しげな呻き声を上げ、腰からくずれるように転倒した。

長身の武士は倒れた霧島に近付くと、

「おぬしには、何の怨みもないがな。運が悪かったと思って、あきらめるんだな」

とつぶやき、懐紙を取り出して刀身の血を拭い、ゆっくりと納刀した。

そこへ中背の武士が歩を寄せ、

「これで、ひとり片がついたな」

と、低い声で言った。

「次は、国許から来た三人だな」

長身の武士が小声で言い、ふたりは足早にその場から離れた。

いつしか、通りは淡い夕闇につつまれていた。深井と霧島の死体は、路傍に横たわったままである。

3

野上は手にした木刀を下ろすと、

「清国、これまでだな」

と、声をかけた。

野上は、門弟たちの帰った道場で師範代の清国新八郎と型稽古をしていた。すでに、道場内は夕闇につつまれ、ふたりのふるう木刀も見づらくなっていた。

野上は五十代半ば、鬢や髷には白髪も見られたが老いた様子はまったくなかった。偉丈夫で、首が太く胸が厚かった。どっしりと腰が据わっている。身辺に剣の達人らしい威風がただよっている。

「はい」

清国も木刀を下ろした。

まだ、息がはずみ、額に汗が浮いていた。体も疲れている。型稽古とはいえ、相手が道場主の野上なので、打ち合いの稽古なみに体力も気も遣ったようだ。

清国は二十代後半、野上道場では、道場主に次ぐ遣い手であった。二年ほど前から道場の師範代として、門弟たちに稽古をつけている。それでも、ときおり野上に稽古をつけてもらっていたのだ。

野上には、妻子がなかった。いずれ清国を養子にして、道場を継がせることにしていた。そのことは、清国も知っている。

「清国、だいぶ腕を上げたな」

野上が目を細めて言った。

「いえ、お師匠の足元にもおよびません」

清国は本心そう思っていた。まだ、竹刀で打ち合っても、野上から一本とれることは滅多にないのだ。

「構えが大きくなったし、打ち込みも迅くなった」

野上は、さて、着替えるか、と言って、きびすを返した。道場の裏手に母屋があり、そこで野上は暮らしていた。下働きの女が、めしの仕度をしてくれるが、ときには清国がめしを炊き、野上といっしょに食べることもあった。

そのとき、道場の戸口に走り寄る足音がし、慌ただしく引き戸があいた。

「お師匠！　おられますか」

甲走った声が聞こえた。門弟らしい。

「わたしが、みてきます」

すぐに、清国が戸口にむかった。

野上も気になって、清国の後から戸口に出てみた。

土間に立っていたのは、門弟の平谷健次郎だった。まだ、二十歳前の若い門弟である。平谷は顔をこわばらせ、荒い息を吐いていた。走ってきたらしい。

「どうした、平谷」

野上が訊いた。

「た、大変です！　深井どのと霧島どのが、斬られました」

平谷が声をつまらせて言った。

「斬られたと！」

思わず、野上が聞き返した。

「はい、御竹蔵の裏手で――」

「道場からの帰りか」

深井と霧島が道場を出て、それほど経っていなかった。稽古の後、ふたりは居残って野上や清国といっしょに型稽古をしていたのだ。

「お師匠、行ってみましょう」

清国も顔をこわばらせて言った。

「よし」

野上は、稽古着のまま土間に下りた。道場から御竹蔵は近かった。急げば、すぐに着くだろう。

「こっちです」

平谷が先導し、野上と清国が後についた。

三人は小走りに御竹蔵にむかった。すでに、通りは濃い夕闇につつまれている。通りに人影はなかった。通り沿いの町家や大名屋敷などは、ひっそりと闇のなかに沈んでいる。

御竹蔵の方にむかいながら平谷が話したことによると、道場の稽古を終えた後、いったん家に帰り、下男が御竹蔵の裏で武士がふたり斬られていると口にしたのを聞いて、行ってみたのだという。平谷の家は本所相生町にあり、御竹蔵の近くだった。

平谷は御竹蔵の裏手に出ると、

「あそこです」

と言って、息を弾ませながら前方を指差した。

濃い夕闇のなかに、十数人の人影があった。人垣はすこし離れ、二か所にできている。深井と霧島の死体をとりかこんでいるのかもしれない。

そこは、旗本屋敷の築地塀の前だった。夕闇につつまれて、はっきり見えないが、武士や中間、それに町人らしい姿もあった。集まっているのは、近所の住人や通りすがりの者であろう。

その人垣のなかに、仁木英之助（にきえいのすけ）という若い門弟がいて、駆け付けた野上たちの姿を目にすると、

「お師匠たちだ！」

と声を上げて、身を引いた。仁木も近所に住む御家人の子である。

すると、集まっていた野次馬たちも左右に分かれ、野上たちのために道をあけた。

路傍に、深井が仰向け（あおむ）けに倒れていた。凄絶（せいぜつ）な死顔である。眼を瞠（みひら）き、口をあんぐりあけていた。その両眼が、夕闇のなかに白く浮き上がったように見える。首筋や顎のあたりが、赭黒（あかぐろ）い血に染まっていた。

野上は深井の脇に屈むと、

「首を斬られたようだ」

と、小声で言った。野上は驚愕と悲痛の入り交じったような顔をした。

清国、平谷、仁木の三人も、悲痛の面持ちで倒れている深井の死顔に目をやっている。

倒れている深井の周囲は血に染まっていた。出血が激しかったらしい。斬られたのは首だけである。

横に一太刀。下手人は深井を一撃で仕留めたらしい。

……何者か知れぬが、遣い手だな。

野上は胸の内でつぶやいた。

深井のそばに大刀が落ちていた。深井の差料である。深井は下手人と立ち合って、斬られたようだ。

「なかなかの太刀筋だ」

そう言って、野上は傍らにいる清国に目をやった。

「深井を斬った者は、遣い手のようです」

清国が厳しい表情で言った。

「霧島も見てみるか」

「そこです」

仁木が、もうひとつの人垣を指差した。

霧島は顔を横にし、俯せに倒れていた。左肩から胸にかけて、深く斬られている。ひらいた傷口から截断された鎖骨が白く覗いていた。激しく出血したらしく、辺りは赭黒い血の海である。

近くの路傍に、剣袋が落ちていた。なかに木刀が入っている。霧島が道場から出たとき、手にしていた物である。霧島と深井が、道場から帰りにこの場で斬られたのはまちがいないようだ。

「袈裟か……」

霧島は袈裟斬りの一太刀で斃されていた。

「深い傷ですね」

清国が言った。

「霧島と深井を斬った者は、いずれも遣い手のようだ」

ひとりで霧島と深井を斬ったとは思えなかったので、下手人はふたりとみていいのではあるまいか。ふたりとも、一太刀で仕留められていた。よほどの腕の者でなければ、これほど見事に斬れないだろう。

「辻斬りでしょうか」

清国が訊いた。

「いや、辻斬りではあるまい」

霧島が剣袋を持っていたので、道場帰りであることはすぐに分かったはずだ。ふたり組の辻斬りが、道場帰りの霧島たちを襲うとは思えなかった。喧嘩でもないようだし、怨恨や痴情でもないだろう。

「なぜ、殺されたのか、見当もつかぬ」

野上は苦慮するように顔をしかめた。

4

「旦那、すみましたよ」

髪結いの登太（とうた）が、長月隼人（ながつきはやと）の肩にかけた手ぬぐいをはずしながら言った。朝の髪結いが終わったのである。

隼人は南町奉行所の隠密（おんみつ）廻り同心だった。八丁堀の同心組屋敷の縁側に腰を下ろして、登太に髪をあたらせていたのだ。奉行所へ出仕する前、登太に髪をあたらせるのが、朝の日課である。

「さて、出かけるか」

隼人は立ち上がり、両手を突き上げて大きく伸びをした。

「旦那、本所でお侍がふたり斬られたそうですが、聞いてますか」

登太が髪結い道具を片付けながら訊いた。

「いや、知らんな」

隼人が素っ気なく言った。そんな話は、耳にしていなかった。

奉行所内でも、話題になっていなかった。斬られたのが武士なので、町奉行所の同心が探索にあたっていないせいかもしれない。町奉行が支配しているのは町人で、武士は支配外である。

それに、隼人は江戸市中で事件がおこったとしても、すぐに探索や下手人の捕縛にあたるわけではない。

江戸市中で事件が起こると、まず対応するのは定廻りと臨時廻りの同心である。隠密廻りは、町奉行の指図で隠密裡に動くことが多いのだ。

「殺されたのは、町道場の門弟のようですよ」

登太が、隼人に顔をむけて言った。

「道場の門弟な……」

隼人は道場の門弟なら剣の立ち合いで斬られたのかもしれないと思った。そうであれば、なおのこと町奉行所の同心が、下手人の探索にあたることはないはずである。

「旦那、また明日、お邪魔します」

そう言い残し、登太は縁先の草履をつっかけてその場を離れた。

隼人が座敷にもどると、すぐに障子があいて、妻のおたえが顔を見せた。

「そろそろ、お着替えをなさりませ」

おたえが、いつものように急かせるように言った。

おたえは、二十一歳。長月家に嫁に来て三年経つが、子供がいないせいもあって、まだ新妻らしさが残っている。

町奉行所同心の出仕は、五ツ（午前八時）ごろと決めてあったが、すでに五ツちかかった。ただし、隠密廻りの同心の場合は、隠密裡に動くこともあって、出仕時間はそれほどうるさくなかった。

「さて、着替えるか」

隼人は角帯を締めなおして、おたえの前に立った。着替えといっても、着流した小袖の上に羽織を羽織るだけである。

おたえは、乱れ箱のなかから三つ紋の黒羽織を取り出し、背後から隼人の背にかけると、

「ねえ、旦那さま、早く帰ってくださいね」

と、耳元でささやいた。いつもの甘えたような声だが、すこし顔色が冴えないようである。

「そうだな、早く帰るか」

隼人は、すばやくおたえの尻に手をまわして、スルリと撫で、今夜な、とおたえの耳元でささやいた。

「まァ……」

おたえは、頬を赤らめて身を引いた。そのとき、おたえの顔にこわばった表情がかすかに浮いた。

……妙だな。

と、隼人は思った。

いつもは、おたえの色白でふっくらした頬が桜色に染まり、恥じらいとともに嬉しそうな表情が浮かぶのだが、おたえの顔に困惑したような色がよぎったのだ。

「おたえ、具合でも悪いのか」

隼人は、戸口にむかいながら訊いた。

「い、いえ、変わりありません」

おたえが、声をつまらせて言った。

「それならいいんだが」

「…………」

おたえは、うつむき加減のまま隼人の刀を持って跟いてきた。

「母上と何かあったのか」

隼人の母のおつたは、還暦にちかい歳だが、ちかごろ、風邪ぎみだ、腰が痛い、頭痛がする、などと体の不調を口にすることが多かった。夫と死別して長いこともあって、ひどく老けて見え、寝込んでいることが多い。嫁であるおたえと角を突き合わせてやり合うことはないが、それでも多少の摩擦はあるようだ。

「変わったことは、ありません。義母上は、ちかごろお体の具合もいいようだし……」

おたえは小声で言った。

「そうか……」

隼人とおたえが、戸口まで来ると、引き戸があいて小者の庄助が顔を出した。庄助は隼人が出仕するおり、供をすることになっている。

「旦那さま、野上さまがお見えです」

　庄助が、隼人の顔を見るなり言った。

「野上孫兵衛どのか」

　隼人は、本所石原町で道場をひらいている野上のことを知っていた。

　野上は石原町に道場をひらく前、直心影流の団野道場に通っていた。実は、隼人も若いころ団野道場の門弟だった。野上とは兄弟弟子である。そうしたこともあって、いまでも剣術のことで何かあると野上に相談したり、気がむくと道場で稽古することもあったのである。

「へい」

　庄助も隼人の供をして野上道場に行ったことがあったので、野上のことを知っていたのだ。

「野上どのは、どこにいるのだ」

　戸口に、野上の姿はなかった。

「門の脇で、待っておられます」

「早く、それを言え」

隼人はおたえから刀を受け取ると、すぐに戸口から出た。

5

野上は木戸の脇に立っていた。ひとりである。

「野上どの、入ってくれればいいのに」

隼人が慌てて言った。

「いや、歩きながら話そうと思ってな」

野上の顔はいつになく厳しかった。何かあったのかもしれない。

そのとき、隼人の脳裏に、登太が、殺されたのは町道場の門弟のようですよ、と口にした言葉がよぎった。

……殺されたのは、野上道場の門弟かもしれぬ。

と、隼人は思った。

隼人と野上は、町奉行所同心の組屋敷のつづく通りを西にむかった。本来の出仕の道筋は南にむかうのだが、野上の道場のある本所とは遠くなるので、西にむかったのである。日本橋川にかかる江戸橋近くまで話しながら行って別れれば、野上も本所から遠くならずに済む。

庄助は挟み箱を担ぎ、隼人たちからすこし間をおいてついてきた。

「長月、道場の門弟がふたり斬り殺されたのだが、話を聞いているか」

野上が歩きながら低い声で言った。

「噂だけは……」

やはり、殺されたのは野上道場の門弟らしい。

「稽古からの帰りに、御竹蔵の裏手でやられたのだ」

そう言って、野上が無念そうな顔をした。

「だれです？」

「深井浅之助と霧島佐吉だ」

「深井どのと霧島どのか」

隼人はふたりのことを知っていた。もっとも、野上道場の門弟として名と顔を知っている程度で、話したこともない。

「相手はふたりの武士でな。深井たちが、道場から帰るのを待ち伏せていたらしいのだ」

野上は殺された現場に駆け付けた後、近所に住む門弟たちとふたりの死体をそれぞれの家に運んだ。

深井は陸奥国の彦里藩の家臣で、目付だった。本所緑町の町宿に、大草弥之助という同じ彦里藩士とふたりで住んでいた。

彦里藩の目付は、大目付の配下で江戸には五人いた。大目付はふたりいて、国許にひとり、江戸にひとりである。国許の大目付の方が格が高く十人の目付がしたがい、目付たちを束ねる小頭もふたりいた。

町宿というのは、江戸の藩邸内に住みきれなくなった藩士が市井の借家などに住むことである。

本所緑町は竪川沿いにつづいていて、石原町からも遠くなかった。深井は緑町に住みながら藩の任務にあたるとともに、道場にも通っていたのだ。深井の死体は大草が引き取って藩に知らせ、藩の手で埋葬されるはずである。

また、霧島は御家人の次男で、深川六間堀町に住んでいた。六間堀町も竪川にかかる一ツ目橋を渡ると、それほど遠くはない。霧島の死体も、家族に引き取られて埋葬されることになっていた。

「相手の二人は、何者か知れたのですか」

隼人がゆっくり歩きながら訊いた。

「それが、まったく分からん」

野上は近所に住む門弟たちに、ふたりが殺された現場近くで、深井と霧島が殺されたときの様子を見た者がいないか探させた。その結果、御竹蔵の裏手の道を通りかかった錺職（かざりしょく）の益造（ますぞう）という男が、その様子を目撃していた。

益造によると、すこし遠かったのではっきりしないが、四人の武士が通りで斬り合っていたのを目にしたという。そして、ふたりが倒れ、残ったふたりはその場から足早に去った。年格好や人相までは分からなかったそうだ。

「ふたりは、羽織袴姿だったらしい」

野上が言った。

「辻斬りや追剥（おいは）ぎの類（たぐい）ではありませんね」

「おれもそうみた」

「深井どのと霧島どのですが、何か揉め事でもありましたか」

「そんな話は、まったく聞いてないな」

もっとも、揉め事があってもよほどでなければ、道場主に話すことはないだろう。

「深井どのといっしょに住んでいる大草どのは、何と言ってるんです」

「思いあたることはないそうだ」

野上は、大草と顔を合わせたとき、下手人に思い当たる者がいるか訊いたが、大草はまったく分からないと答えたそうだ。

「霧島どのの家の者はどうです？」

「やはり、心当たりはないそうだ」

「道場の門弟のなかに、知っている者はいませんか」

深井と霧島は、親しい門弟に何か話しているかもしれない、と隼人は思った。

「門弟にも訊いてみたが、まったく分からん」

「そうですか」

深井と霧島を斬ったふたりの武士について知る者はいないらしい。

妙だな、と隼人は思った。深井たちを斬ったふたりの武士は、辻斬りや追剝ぎの類ではないようだし、待ち伏せていたとなると、通りすがりに何か諍いがおきて斬り合いになったわけでもなさそうだ。初めから、深井たちを狙って斬り殺したとみていい。となると、下手人は深井たちと、何かかかわりがあるはずだ。それも、命を奪わねばならないようなかかわりである。

「深井は首を斬られ、霧島は袈裟に斬り下ろされていた。ふたりとも、一太刀だった」

野上が厳しい顔をして言った。

「下手人は、手練のようですね」

「そうみていいな」

「何者でしょうか」

隼人にも、思いあたる者はいなかった。

「長月、手を貸してくれんか」

野上が声をあらためて言った。

「このままにしておくことはできん。何者か分からぬが、なぜ、深井と霧島を斬ったのか、まずそれを知りたい」

「……………」

隼人は、野上に顔をむけてちいさくうなずいた。

野上の話を聞き終えたとき、隼人は野上が八丁堀まで来たのは、深井たちを斬殺したふたりの武士の探索を頼むためだと察知したのだ。

「長月には、町方同心としての仕事があろう。……その仕事の合間でいい」

野上が隼人に顔をむけて言った。

「いま、わたしがかかわっている事件はないので、市中巡視ということにしてあたってみますよ」

話を聞いたときから、隼人は野上に手を貸すつもりでいた。

隼人は、これまで江戸にある町道場や剣客などの探索のおりに、野上の手を借りることがあった。それに、この後の事件の展開によっては、町奉行所とのかかわりがまったくないとはいえないのである。

「頼む」

そう言って、野上は足をとめた。

すでに、ふたりは楓川の近くまで来ていた。野上は江戸橋を渡って本所に帰るはずである。

6

隼人は野上と会った日の夕方、天野玄次郎の家に足をむけた。

天野は南町奉行所の定廻り同心で、八丁堀同心の組屋敷に住んでいる。隼人は天野と昵懇だった。天野は隼人より十歳年下だったが、これまでふたりは多くの事件で助け合ってきたのである。

隼人が天野の家の戸口で声をかけると、天野の弟の金之丞が顔を出した。

「長月さん、お久し振りです」

金之丞が隼人を見て声を上げた。

「天野はいるかな」

「まだ、御番所（奉行所）からもどりませんが、さァ、お上がりになってください」

金之丞は二十歳で、直心影流の町道場に通っていた。隼人が直心影流の遣い手であることを知っていて、隼人のことを兄弟子のように思っている。それで、顔を合わせると剣術の話をしたがるのだ。

「いや、出直してこよう」

隼人は、天野の家に上がると、事件の話はしづらいことを知っていた。

天野家は、天野、金之丞、隠居している父親の欽右衛門（きんえもん）、母親の貞江（さだえ）の四人家族である。弟と父母は人がいいのだが、おしゃべりでお節介焼きだった。天野とふたりでじっくり事件の話をするには、家族のいる座敷では無理である。

「長月さん、そう言わずに、上がってください。兄も、すぐにもどりますから」

金之丞は土間に下りて、何とか隼人を家に上げようとした。

そのとき、戸口に近付いてくる足音がした。ふたりらしい。

「兄のようです」

金之丞が言った。足音で分かったようだ。ひとりは、天野が供に連れている小者のすぐに、引き戸があいて、天野が顔を出した。背後に、与之助が立っている。与之助であろう。

「な、長月さん」

天野は驚いたような顔をした。戸口に、隼人と金之丞が立っていたので、何事かと思ったのだろう。

「いや、たいしたことではないのだ」

慌てて、隼人が言った。

「何か事件でも」

「そうではない。ちと、天野に訊きたいことがあってな」

隼人は、天野から深井と霧島が殺された件のことを訊いてみようと思って足を運んできたのだ。その件を、天野が探索をしているとは思わなかったが、手先に使っている岡っ引きから何か耳にしているはずである。

「それなら、お上がりになってください」

天野は丁寧な物言いをした。

隼人より年下ということもあったが、天野は事件の探索や下手人の捕縛などのおり、隼人に何度か助けられたこともあって敬愛していたのだ。

隼人は直心影流の遣い手であった。その剣をふるって、天野の危機を何度か救っていたのだ。

「そこらを歩きながら話さんか」

家族の前では話せなかったし、天野家では夕餉の仕度をしているころであろう。茶を淹れさせるのも心苦しかった。

「では、歩きながら話しますか」

天野も隼人の胸の内を察したらしく、すぐに戸口から外に出た。

隼人たちは同心の組屋敷のつづく通りを歩き、亀島河岸に出た。人影はなく、ひっそりしていた。

亀島川は魚河岸や米河岸のある日本橋川につづいていることもあって、日中は荷を積んだ猪牙舟や茶船などが行き交っているのだが、いまは船影も見られなかった。

「天野、七日ほど前だが、本所の御竹蔵の裏手で、武士がふたり斬り殺されたことを知っているか」

隼人が切り出した。

「話は聞いています。殺されたのは、野上道場の門弟のようですね」

天野は、隼人と野上道場のかかわりを知っていた。野上と会ったこともある。

「殺されたのは、門弟の深井どのと霧島どのだ」

隼人は、簡単にふたりのことを話し、

「下手人のことは分かるまいな」

と、あらためて訊いた。

「分かりません。道場の門弟ということもあって、御番所の同心で探っている者はいないようです」

「そうだろうな」

やはり、天野は探索していないようだ。

「野上どのから、何か話があったのですか」

天野が訊いた。

「野上どのは、殺されたふたりのために何かしてやりたいらしい。……何者が、何のために、深井どのたちを殺したのか、それだけでも知りたいようだ」

「その気持ちは、分かります」

「おれにも、下手人が何者なのか知りたい気持ちがあってな。天野が何か知っているのではないかと思って、訊いてみたわけだ」

隼人も、あまり期待していなかった。

「深井どのたちを斬った下手人と、つながるかどうか分かりませんが、気になることがあります」

そう言って、天野は足をとめると、亀島川の岸に歩を寄せて川面に目をやった。

亀島川は淡い夕闇につつまれ、黒ずんだ川面が無数の波の起伏を刻んでいた。辺りはひっそりとして、聞こえてくるのは流れの音と汀に寄せる波音だけである。

「気になるとは？」

隼人も、天野と並んで立って川面に目をやった。

「手先から聞いたんですが、ひとりは首を横に斬られていたそうですね」

「深井どのだ」

隼人は、深井と霧島に残されていた刀傷のことも野上から聞いていた。

「実は、一月ほど前、今川町にある材木問屋、岸田屋(きしだや)の番頭と手代が、大川端で斬り殺され、大金を奪われたのです」

「その話、聞いているぞ。三百両もの大金を奪われたそうだな」

隼人は、奉行所の同心が話しているのを耳にしていた。

番頭の富蔵(とみぞう)と手代の吉之助(きちのすけ)が掛け金を集金した帰りに、佐賀町の大川端を通りかかったおりに、何者かに斬り殺されて持っていた金を奪われたというのだ。

そのとき、隼人は気にもせずに聞き流していた。辻斬りが、たまたま通りかかった番頭と手代を襲って金を奪ったのだろうと思った。それに、すでに定廻り同心が探索に当たっているらしいので、自分の出番はないと踏んだのである。

「わたしが検屍にあたったのですが、富蔵は首を横に斬られていました」

天野が言った。

「首を横にな。……深井どのと同じか」

「はい、それに、富蔵たちを襲ったのも、ふたり組の武士だそうです」

「なに、ふたり組の武士だと」

深井たちも、ふたり組の武士に襲われたのだ。

「だれか見た者がいるのか」

「はい」

天野によると、通りかかった夜鷹そばが、富蔵たちが襲われた近くを通りかかって目撃したという。

「まだ、はっきりしたことは言えませんが、富蔵たちの件と深井どのたちの件が、重なっているような気がするのですが」

天野が隼人に目をむけて言った。

「うむ……」

隼人も二件にはつながりがあるような気がしたが、腑に落ちなかった。深井たちが、富蔵たちのように辻斬りに襲われたとは思えなかったのである。

7

隼人は本所、石原町の大川沿いの道を歩いていた。羽織の裾を帯に挟んだ巻羽織と呼ばれる八丁堀ふうの格好ではなかった。黒羽織に袴姿で、二刀を帯びている。御家人か江戸勤番の藩士のような格好である。

隼人は野上とともに、殺された深井と霧島をよく知る者と会って、あらためて話を聞いてみるつもりだった。下手人を手繰る糸口がつかみたかったのである。八丁堀ふうで来なかったのは相手が武士なので、町方の格好では話しづらいと思ったからだ。

大川沿いの道から右手の路地に入ると、野上道場が見えてきた。板壁に武者窓がついている。稽古の音は聞こえなかった。午後の稽古は終わっているらしい。隼人は、稽古の邪魔にならないよう稽古の時間を避けてきたのだ。

戸口から道場に入ると、ひとのいる気配がした。見ると、清国が稽古着姿で、木刀の素振りをしていた。午後の稽古を終えた後、独り稽古をしていたようだ。

師範代は、稽古中門弟たちに指南することが多く、己の稽古はあまりできない。それで、稽古を終えた後、独りで素振りをしたり刀法の工夫をしたりするのである。

清国は隼人を目にすると、すぐに手にした木刀を下ろし、戸口に近付いてきた。額に汗がひかっている。

「清国どの、野上どのはおられるかな」

隼人が訊いた。

「お師匠は、母屋にもどりました。すぐに、お呼びしますよ」

清国は、お上がりになってください、と言い残し、師範座所の脇からいったん外に出て裏手にある母屋にむかった。野上を呼びにいったらしい。

隼人が道場のなかほどに座していっとき待つと、師範座所の脇の戸があいて清国と野上が姿を見せた。

「おお、長月、どうした」

野上が驚いたような顔をして訊いた。隼人の訪問が突然だったし、身装が巡視のおりの八丁堀ふうでなかったからであろう。

「深井どのと霧島どのの件で、すこし探ってみようと思いましてね」

隼人は、野上と清国が道場の床に腰を落ろすのを待って、深井と霧島の縁者や家族

から話を訊いてみたいと口にし、

「その前に、野上どのと清国どのにも訊いてみたいことがありましてね」

と、言い添えた。

「なんだ？」

「深井どのと霧島どのですが、門弟という他に何かかかわりがあったのですか」

隼人は、深井が彦里藩の家臣で、霧島は御家人の次男だと聞いていた。ふたりの間に、同門であることの他に何か結びつきがあるのか、隼人はつかんでおきたかったのだ。

「ふたりとも同門というだけで、他にかかわりはないと思うが……」

野上は首をひねりながら、清国に顔をむけ、何か知っているか、と訊いた。

「特別な関係はないと思いますよ。ふたりの歳はちがいますが、入門が同期ということもあって、親しくしていただけだと思います。それに、帰り道も途中までいっしょのはずです」

清国によると、深井は本所緑町に住み、霧島は深川六間堀町なので、竪川沿いの通りに出るまで同じ道を帰るのだという。ふたりが襲われた御竹蔵の裏手の道も、ふだん道場の行き帰りに使っているそうである。

「いつもの帰り道で、襲われたわけか」

「道場でも、変わった様子は見られませんでした」

「うむ……」

隼人は、ふたりが殺されたのは偶然のような気もした。深井と霧島のどちらかが狙われ、もうひとりはいっしょにいて巻き添えを食ったのかもしれない。

「ともかく、ふたりをよく知る者から話を聞いてみたいのですがね」

辻斬りや追剝ぎの類とは思えないので、ふたりのうちどちらかに襲撃される理由があるはずである。それが分かれば、下手人の見当もつく。

「深井のことは、同居している大草どのがよく知っているがな」

「大草どのですか」

隼人は、大草という男を知らなかった。

「大草どのは、深井と同じ彦里藩の家臣で、同じ借家に住んでいる。……ただ、おれも大草どのに訊いてみたが、深井を襲った者たちのことは分からないと話していたぞ」

野上が言った。

「そうですか」

「霧島も同じだった。家の者も、下手人にはまったく心当たりがないそうだ」

野上によると、霧島家は御家人で、当主の霧島甚兵衛は七十俵五人扶持の御徒衆だという。

「大草どのに会えますかね」

隼人は、まず深井を知る大草から話を聞いてみようと思った。それというのも、まだ冷や飯食いで出仕していない霧島は、ふたりの武士に命を狙われるような揉め事に巻き込まれる可能性はすくないとみたのだ。それに、大きな揉め事に巻き込まれれば、霧島家の者が気付くはずである。

一方、彦里藩士の深井は、家中の騒動に巻き込まれて命を狙われても不思議はない。

「これから、おれと行くか」

野上によると、大草は陽が沈むころには借家に帰っているという。

すでに、陽は西の空にまわっているはずである。緑町へ着くころには、夕暮れ時になるだろう。

「そう願えれば」

「よし、行こう」

野上は、清国に、遅くならずに帰れよ、と声をかけてから、戸口にむかった。

隼人と野上は、御竹蔵の裏手を通って竪川沿いの通りに出た。そこは、竪川にかかる二ツ目橋のたもとだった。

「こっちだ」

野上は左手に足をむけ、竪川沿いの道を東にむかった。

しばらく歩くと、ふたりは緑町に出た。前方に三ツ目橋が見えてきたところで、野上は左手の路地に入った。小店や仕舞屋（しもたや）などが軒を並べる路地で、町人だけでなく武士の姿も目についた。町家のつづく路地の先は武家地になっていて、小身の旗本や御家人の屋敷が多くある。

「ここだ」

野上は路地沿いの仕舞屋の前に足をとめた。

借家らしい古い家屋で、戸口の引き戸はしまっていた。ひっそりとして、家のなかから人声は聞こえなかった。

「帰っているはずだがな」

野上は西の空に目をやって言った。

すでに、陽は西の家並の向こうに沈み、軒下や路地沿いの樹陰などには淡い夕闇が忍び寄っていた。

8

野上が引き戸に手をかけて引くと、すぐにあいた。家のなかで物音が聞こえた。畳を踏むような音である。大草は帰っているらしい。

「大草どの、おられるか」

野上が土間に立って声をかけた。

土間の先が狭い板敷きの間になっていて、その先に障子がたててあった。座敷になっているらしい。

その障子の向こうで、ひとの立ち上がる気配がし、すぐに障子があいた。姿を見せたのは、三十がらみと思われる浅黒い顔をした武士だった。小袖に角帯姿である。羽織袴を脱いで、くつろいでいたらしい。

「大草どの、野上でござる」

野上が言った。姿を見せた武士が、大草弥之助のようだ。

「その節は、何かと世話になりもうした」

大草は低い声で言い、板敷きの間に出てきた。

「深井のことで、そこもとにあらためて訊きたいことがあってな」

野上は腰から大刀を鞘(さや)ごと抜くと、上がり框(かまち)に腰を下ろした。大刀は膝の脇に置いている。

「それがし、長月隼人でござる」

隼人が名乗った。

「大草弥之助です」

大草は隼人に探るような目をむけた。隼人が、何者か分からなかったからであろう。

「それがし、野上道場と縁のある者でして。深井どのとも、親しくしていただいておりました」

隼人は八丁堀同心と名乗らず、野上の縁者ということにしておいた。門弟ではなかったが、野上とは兄弟弟子の関係にあり、野上道場を訪ねることもあった。それに、深井のことも知っていたので、まんざら虚言でもなかった。

「さようでござるか」

大草は悲痛と憤怒の入り交じったような顔をして、上がり框近くに膝を折った。大草は、肉親を失ったような悲哀と下手人に対する強い怒りを覚えているようだ。無理もない。大草は国許を離れ、遠い江戸の地で深井と同じ屋根の下に住んでいたのである。その深井が、突然殺されたのだから心穏やかではないだろう。

隼人は野上の脇に腰を下ろしてから、

「大草どの、深井どのを襲った者たちに心当たりはござらぬか」

と、切り出した。

「それが、まったく。……見当もつかんのです」

大草は苦悶するように顔をゆがめた。

「それがし、どうも解せんのです」

隼人が言った。

「……………」

大草は、隼人を見つめたまま次の言葉を待っている。

「深井どのたちを襲ったふたりの武士は、御竹蔵の裏手で深井どのたちを待ち伏せていたらしい。初めから、ふたりの武士は深井どのたちの命を狙っていたようなのだ」

隼人の声には断言するようなひびきがあった。

「すると、暗殺……」

「そういうことになります」

隼人は、暗殺とみていた。

「何者が、深井どのたちを襲ったのです」

大草が隼人を見すえて訊いた。その目には、強い怒りの色があった。

「それが、分からないのだ。……大草どの、深井どのだが、御家中の騒動に巻き込まれていたような節はなかったかな」

隼人が訊いた。

「いや、それがしも、分からないのだ。深井どのは目付で、藩内の事件を何か探っていたようだが……」

大草は語尾を濁した。深井が、何を探っていたかは分からないようだ。大草によると、彦里藩の目付は主に重臣を除く藩士たちを監察する役柄だが、ときには大目付の指図にしたがい、藩士のかかわった事件の探索にあたることもあるという。

大草は徒組の小頭で役柄のちがいもあり、深井が何を探っていたか、分からないという。

「御家中に、騒動はなかったのか」

隼人が訊いた。

「い、いや、まったく騒動がないわけではござらぬ。……江戸にも家中の者が大勢いるので、揉め事はあるし、ちょっとした騒動もおこる」

大草が言いにくそうな顔をした。

かりに騒動があっても、彦里藩と直接かかわりのない隼人や野上に話すわけにはいかないのだろう。

それから、隼人は深井が何者かに狙われているようなことを口にしていなかったか、訊いてみたが、

「……………」

「気が付かなかった」

と、大草は首をひねりながら言った。

大草から話を聞いた翌日、野上とふたりで六間堀町に出かけ、殺された霧島の父、甚兵衛に会って訊いてみたが、やはり下手人につながるような話は聞けなかった。

隼人は野上とふたりで六間堀沿いの道を歩きながら、

……やはり、こちらで探ってみるしかないか。

と、胸の内でつぶやいた。

第二章　辻斬り

1

「おたえ、体の具合でも悪いのか」

隼人は、戸口でおたえから刀を受け取りながら訊いた。ちかごろ、おたえの顔色が冴えないのだ。これといって悪いところはないようだが、日常の挙措にも元気がないように見える。

「そのようなことは、ございません」

おたえは頬を赤らめ、戸惑うような顔をした。

「それならいいんだが」

隼人は、刀を腰に帯びながら言った。

隼人の刀は、兼定だった。兼定は関物と呼ばれる大業物を鍛えた刀鍛冶の名匠である。刀身は二尺三寸七分。よく斬れる身幅のひろい剛刀である。

通常、事件の探索にあたる八丁堀同心は刃引きの長脇差を差していることが多い。下手人を斬らずに生け捕りにすることが、求められていたからである。だが、隼人は兼定を差していることが多かった。相手によっては斬らねばならないときもあったし、生け捕りにするなら峰打ちにすればよいと思っていたからである。

「旦那さま、いってらっしゃいませ」

おたえは、いつものように上がり框の近くに膝を折り、廊下に手をついて言った。おたえの態度はいつもと変わらないが、その顔に新妻らしい初々しさがない。やつれたような感じがする。

「体をいとえよ」

隼人はそう言うしかなかった。

「は、はい」

おたえは、恥ずかしげな顔をして視線を膝先に落とした。

「行ってくる」

隼人は戸口から出た。

庄助が挟み箱をかついで待っていた。庄助の顔に待ちくたびれたような表情があった。すでに、五ツ（午前八時）を過ぎている。庄助は、だいぶ待ったらしい。

「待たせたようだな」

「いつものことでさァ」

庄助はさばさばした口調で言うと、隼人の後ろに跟いてきた。

隼人たちは同心の組屋敷のつづく通りに出ると、南に足をむけた。南町奉行所は数寄屋橋御門の内にあり、隼人の住む組屋敷の南方にある八丁堀沿いの道に出て京橋を渡り、外濠沿いを数寄屋橋にむかうのである。

隼人たちが一町ほど歩いたとき、通りの先に駆けてくる男の姿が見えた。

「旦那、与之助ですぜ」

庄助が言った。

「何かあったかな」

与之助は、天野が使っている小者である。ひどく急いでいるらしく、小走りにこちらへむかってくる。

「どうした、与之助」

隼人は与之助が前に立つと、すぐに訊いた。

「へ、へい、天野の旦那が……」

与之助は苦しげに荒い息を吐いた後、

「ふ、ふたり、殺（や）られやした！　天野の旦那に、すぐに知らせろ、と言われて走ってきやした」

与之助が声をつまらせて言った。

「だれが、殺られたのだ」

「行徳河岸にある益子屋（ますこや）の番頭と、手代のようで――」

「廻船問屋か」

隼人は行徳河岸に益子屋という廻船問屋の大店があるのを知っていた。

「へい」

「天野が、おれを呼んでこいと言ったのだな」

どのような事件か分からないが、天野がわざわざ与之助を走らせて呼んだとなると、何か隼人に知らせたいことがあるのだろう。

「すぐに、お呼びするように言われやした」

「場所はどこだ」

御番所（奉行所）への出仕は後だ、と隼人は思った。

「南八丁堀二丁目でさァ」

「行くぞ」

南八丁堀二丁目は、八丁堀沿いにひろがる町で、同心の組屋敷のある八丁堀の対岸である。南八丁堀は一丁目から五丁目まで長くつづいている。

与之助の先導で、隼人たちは同心の組屋敷のつづく通りを南へむかった。そして、八丁堀に突き当たると、しばらく八丁堀沿いの道を西にむかってから中ノ橋を渡った。

「旦那、こっちで」

与之助は南八丁堀に出ると、京橋の方に足をむけた。

数町歩くと、前方の堀沿いに人垣が見えた。

「あそこか」

人垣は通りすがりの野次馬が多いようだったが、八丁堀同心も何人か来ていた。小袖を着流し、羽織の裾を帯に挟む巻羽織と呼ばれる八丁堀同心独特の格好をしているので、遠目にもそれと知れるのである。

「前をあけてくんな」

与之助が人垣に声をかけると、集まっていた野次馬たちが左右に身を引いて道をあけた。

天野は堀際の叢（くさむら）のなかに屈んでいた。その足元近くに、ひとが横たわっている。殺されたひとりらしい。

「長月さん、こちらへ」

天野が隼人に声をかけた。

隼人はすぐに近付き、天野の足元に横たわっている男に目をやった。男は仰向けに倒れていた。瞠目し、口を大きくあけたまま死んでいる。首筋に刃物の傷があり、顎から胸のあたりまでどす黒い血に染まっていた。

「斬られたのは首か！」

死体の首が横に深く裂けていた。ひらいた傷口から頸骨が白く覗いている。刀傷とみていい。

「長月さん、この首筋の傷は、岸田屋の富蔵と同じものです」

天野が低い声で言った。双眸が、大きな事件に臨場した八丁堀の同心らしい鋭いひかりを宿している。

「うむ……」

隼人の脳裏に、御竹蔵の裏手で斬殺された深井のことがよぎった。隼人は臨場して死体を見たわけではないが、野上から刀傷のことを聞いていた。

……これも、同じ筋のようだ。

と、隼人は思った。おそらく、天野も同じ筋とみて、隼人を呼んだのであろう。

「この死骸が、益子屋の番頭か」

死体は五十がらみと思われる男だった。黒羽織に細縞の小袖、茶の角帯をしめている。番頭らしい身装である。

「番頭の繁造です」

「手代も殺されたそうだな」

「手代の栄次郎は、そこに」

天野が腰を浮かせて京橋の方を指差した。

三十間ほど離れた堀際に、十人ほどの男が集まっていた。野次馬のなかに岡っ引きらしい男と、北町奉行所の田所という定廻り同心がいた。歳は三十がらみ、瘦身で面長、切れ長の目をしている。隼人は田所の名と顔を知っていたが、話したことはなかった。

「死骸を見せてもらうぜ」

隼人は田所に声をかけて、栄次郎の死体に近付いた。

「どうぞ、それがしは、じっくり拝ませてもらいましたから」

そう言って、田所は身を引いて場所をあけた。

見ると、叢のなかに栄次郎が横臥していた。肩先から胸にかけて、ざっくりと斬り下げられている。上半身とまわりの叢が、黒ずんだ血に染まっている。

「袈裟か！」

隼人は、袈裟に斬られていたという霧島のことが頭に浮かんだ。

……こっちも、同じ下手人だ！

隼人は確信した。

下手人は、深井と霧島を斬ったふたり組の武士らしい。おそらく、岸田屋の番頭と手代を斬った下手人も同じであろう。

岸田屋の番頭と手代、深井と霧島、そして益子屋の番頭と手代は、同じふたり組の武士にかかって斬られたとみていい。

隼人は番頭と手代の検屍を終え、人垣のなかから外に出た。それ以上、死体を眺めていても仕方がないのである。

そのとき、隼人は人垣の後ろにいる三人の武士を目にとめた。三人とも、羽織袴姿で二刀を帯びていた。八丁堀の同心や与力ではない。御家人や江戸勤番の藩士といった感じである。

三人の武士の顔は、いずれもけわしかった。三人は人垣の後ろに立ち、集まっている野次馬たちに声をかけて、何か訊いているようだった。

……通りすがりの者ではないな。

と、隼人はみてとった。

隼人は三人の武士が何を訊いているのか知ろうと思い、三人の方へ近付いた。

そのとき、三人の武士はきびすを返して人垣から離れ、京橋の方へ足をむけた。

隼人はすぐに傍らにいた庄助に、

「庄助、あそこに三人の武士が歩いているな」

と、去っていく三人の背に指をむけて言った。

「へい」

「跡を尾けて、行き先をつきとめろ」

「へ、へい」

庄助は、急に緊張した顔付きになった。

「間をとって、跡を尾けるんだ。見失ってもかまわねえ」

隼人は伝法な物言いをした。庄助を落ち着かせようと思ったのだ。

庄助は無言でうなずくと、飛び出すような勢いで隼人のそばを離れ、三人の跡を尾け始めた。

その日の昼過ぎ、三人の武士は行き先が知れた。隼人が奉行所から早目に組屋敷に

もどると、庄助が待っていて、

「だ、旦那、三人の武士は、愛宕下の大名屋敷に入りやしたぜ」

と、声をつまらせて言った。

「だれの屋敷だ」

「陸奥国の彦里藩でさァ」

「彦里藩か」

隼人は驚かなかった。胸の内に、彦里藩士かもしれないという思いがあったのである。

2

南八丁堀で益子屋の番頭と手代の死体を検屍した翌日、隼人が南町奉行所の同心詰所で茶を飲んでいると、中山次左衛門が姿を見せた。

中山は奉行の筒井紀伊守政憲の家士である。筒井が隼人に会って探索を命ずるとき、中山が呼びにくることが多かった。

中山はすでに還暦を過ぎた老齢だった。鬢や髷は白髪が目だったが、矍鑠として物言いや挙措も老いを感じさせなかった。中山は長年筒井家に仕えており、筒井のことはよく承知している。筒井も中山を信頼しているようだ。

中山は隼人のそばに来ると、

「長月どの、お奉行がお呼びでござるぞ」

と、いつものように慇懃な物言いをした。

「お奉行は、役宅におられるのか」

筒井は奉行所の裏手にある役宅で暮らしていた。

「おられる。お奉行を待たせてはならぬゆえ、すぐに、それがしと同行していただきたい」

「心得ました」

隼人は腰を上げた。

中山は隼人を役宅の中庭に面した座敷に連れていった。そこは、筒井が隼人を呼ぶときに使っている部屋である。

「お奉行は、すぐにおみえになる。……ここで待つようにな」

中山は穏やかな声でそう言い残し、そそくさと座敷から出ていった。

隼人が座敷に座していっとき待つと、廊下をせわしそうに歩く足音がした。障子があいて、姿を見せたのは筒井だった。

筒井は小紋の小袖に角帯、紺足袋を履いていた。今月は月番でないこともあり、登城の仕度はしてないようだ。

町奉行所は南北にあり、月毎に交替で四ツ（午前十時）までには、登城しなければならない。

筒井は慌ただしそうに座敷に入ってくると、

「長月、ごくろうだな」

と、声をかけて、上座に腰を下ろした。

隼人が低頭し、挨拶を口にしようとすると、

「長月、挨拶はよい。……今日は、評定所に行かねばならんのでな」

そう言って、筒井は隼人を制した。非番の月でも、評定所の式日には町奉行として顔を出さなければならないのだ。

「坂東（ばんどう）から聞いたのだが、八丁堀のそばで商家の番頭と手代が斬り殺されたそうだな」

すぐに、筒井が切り出した。

坂東繁太郎（しげたろう）は内与力だった。町奉行には、内与力と呼ばれる者がいた。他の与力とちがって、奉行の家士のなかから選ばれ、奉行の秘書のような役割を果たす。筒井は、

坂東から市井で起こる事件を耳にすることがあるらしい。

「はい」

「此度(こたび)の件だけでなく、他にも商家の番頭と手代が殺されているというではないか」

筒井は、岸田屋の件も耳にしたようだ。

「それがしも、聞いております」

隼人は、探索にかかわっていることは口にしなかった。隠密同心は、奉行の指図を受けてから探索にあたることになっているので、事件にかかわっているとは言えなかったのである。

「わしが聞いたところでは、殺された四人には、いずれも刀傷があったそうだが、長月はどうみるな」

筒井が隼人を見すえて訊いた。

「それがし、八丁堀近くで殺されたふたりの死体を見ております。……お奉行の仰せのとおり、ふたりとも刀で斬り殺されたようでございます」

隼人は、益子屋の番頭と手代の死体を見に行ったことを隠さなかった。ふたりは同心の組屋敷のある八丁堀近くで殺されたのだから、見に行って当然である。

「すると、下手人は武士ということになるな」

筒井が声をあらためて言った。

「それがしも、武士とみました」

「長月、番頭と手代に残された刀傷を見て、どう思った」

筒井が訊いた。

「どう思ったと、もうされますと？」

「下手人の腕のほどをどうみたか、訊いているのだ」

筒井は、隼人が直心影流の遣い手で、刀傷を見て斬った者の腕のほどを見抜く目を持っていることを知っていた。

「ふたりとも、見事な腕のようでございます」

「それで、下手人はふたりなのか」

「番頭と手代を斬ったのは、ふたりとみております」

いまのところ、他に仲間がいるかどうか分からなかった。ともかく、番頭と手代、それに深井と霧島を斬ったのは、ふたりの武士である。

「そやつら、番頭の所持していた金を奪ったそうだが、辻斬りか」

さらに、筒井が訊いた。

「いまのところ、何とも言えません」

昨日、隼人は益子屋の番頭と手代の死体を見た後、天野から番頭と手代の財布がないことを聞いていた。どれほど金が入っていたか、まだはっきりしないが、番頭たちを斬った者が奪ったとみていいだろう。

それに、下手人と思われるふたりの武士は、岸田屋の番頭と手代を斬ったおり、三百両もの大金を奪っていた。この二件だけみれば、ふたりの武士は金目当ての辻斬りとみてもいい。

ただ、深井と霧島の斬殺は、あきらかに金目当ての辻斬りではなかった。それに、彦里藩の家臣が益子屋の番頭と手代が殺された現場に来ていたことからして、彦里藩が事件にかかわっているとみていいのではあるまいか。

「いずれにしろ、下手人は腕の立つ武士のようだな」

「はい」

「長月、手に余ったら斬ってもよいぞ」

筒井が隼人を見つめながら言った。

町奉行所の同心は、下手人を殺さずに生け捕りにすることが求められていたが、下手人が武器を持って歯向かってきた場合、手に余った、と称して、刀で斬り殺すことも許されていた。

筒井は、隼人が剣の達者であることを知っていて、事件の探索を指示する場合、前もって、隼人に己の命が危ういような場合は刀を遣って斬り殺していいと口にすることが多かった。

筒井は、隼人が腕のたつ武士や徒牢人の場合でも恐れずに立ち向かって捕縛することを知っていて、己の身を守るために下手人を斬ってもよいと念を押したのだ。隼人の身を案じてのことである。

「ありがたき、仰せにございます」

隼人は畳に両手をつき、筒井に深々と頭を下げた。

3

隼人は羽織袴姿で二刀を帯び、神田紺屋町を歩いていた。髷も登太に頼んで、八丁堀ふうの小銀杏髷から、御家人ふうの髷に変えてあった。

隼人は豆菊という小料理屋に行くつもりだった。豆菊は、隼人が手先に使っていた八吉という男が隠居して、おとよという女房とふたりでやっている店である。

八吉は老齢を理由に隠居する前まで、「鉤縄の八吉」と呼ばれていた腕利きの岡っ引きだった。鉤縄は細引の先に熊手のような鉤をつけ、それを下手人に投げ付けて着物に引っ掛け、引き寄せて捕らえる特殊な捕具である。

隼人が八丁堀ふうの格好をしてこなかったのは、豆菊の客に町方同心が店に出入りしていることを気付かせないためである。

豆菊の店先に暖簾(のれん)が出ていた。店のなかから、男の濁声(だみごえ)が聞こえた。まだ、陽は西の空にまわったばかりだが、客がいるらしい。

隼人が暖簾をくぐると、土間の先の小上がりに職人ふうの男がふたりいた。酒を飲んでいるらしい。

「旦那、いらっしゃい」

奥で女の声がし、下駄の音とともに小上がりの脇から女が姿を見せた。おとよである。

おとよは四十がらみで、でっぷり太っていた。若いころはすんなりした美人だったそうだが、ちかごろは樽(たる)のように太っている。

「おとよ、久し振りだな」

「旦那、一杯やりますか」

おとよが、笑みを浮かべながら訊いた。

おとよも、隼人が八丁堀の同心であることは知っていたが、それらしいことは口にしなかった。隼人も八吉も、店にいるときは奉行所にかかわっていることを隠していたからである。

店にいたふたりの客は隼人の姿を見て警戒するような顔をしたが、いまはふたりで何か話しながら猪口をかたむけていた。おとよと隼人のやりとりを聞いて、ただの客と思ったようだ。

「ところで、八吉はいるかな」

隼人が訊いた。

「いますよ。いま、呼びますから、奥を使ってくださいな」

豆菊には、小上がりの奥に小座敷があった。そこなら、すこし声を落とせば、店の客に気兼ねなく話すことができる。

「では、奥にするか」

隼人は腰の兼定を鞘ごと抜くと、手にしたまま奥の小座敷にむかった。

座敷に腰を下ろすとすぐ、障子があいて八吉が顔を出した。八吉は猪首で小柄、目のギョロリとしたいかつい顔をしていた。ただ、そろそろ還暦もちかいということもあって、鬢や髷には白髪が目立ち、目を細めて笑ったりすると、好々爺のようなおだやかな顔になる。

「八吉、利助と綾次はどうした？」

隼人は、八吉が腰を下ろすのを待って訊いた。

利助は隼人が手札を渡している岡っ引きだった。綾次は利助の下っ引きである。利助と綾次はふだん豆菊にいた。

八吉は子供がいなかったので利助を養子にし、岡っ引きの跡を継がせたのだ。綾次は、探索にあたっていないときだけ豆菊に来て店を手伝っている。

「ふたりして、今川町に出かけてまさァ」

八吉が目を細めて言った。

「今川町というと、岸田屋か」

番頭の富蔵と手代の吉之助が殺された岸田屋は、深川今川町にあった。

「そうでさァ」

「探りにいったのか」

まだ、隼人は利助に事件を探るよう指示していなかった。それに、隼人は隠密廻り同心なので、奉行の指図がなければ、表立って事件の探索にあたることはなかった。

むろん、そのことは利助も知っている。

「へい、ふたりとも、旦那に指図されてからじゃァ遅いと言ってやしてね、張り切って出かけましたぜ」

「そうか」

「旦那、今日は岸田屋の件で？」

八吉が訊いた。

「利助たちの読みどおりだ。おれも、岸田屋の件にあたることになったのだ」

「やっぱりそうですかい」

「ところで、八吉、御竹蔵の裏手で、武士がふたり斬られたのだが、話を聞いているか」

「噂だけは」

「斬られたのは、ふたりとも野上道場の門弟なのだ」

隼人は、ふたりの名や斬殺されたときの様子などを話し、さらに、南八丁堀で殺された益子屋の番頭と手代のことも言い添えた。

「この三つの事件（やま）は、同じ筋のようなのだ」

「同じ下手人ですかい」

八吉が驚いたような顔をして訊いた。

「そうみている」

隼人は、三件ともふたりの武士が下手人とみていたが、ただの辻斬りではなく、彦里藩士をはじめ多くの者がかかわっている奥の深い事件のような気がしていた。

隼人と八吉がそんなやり取りをしているところに、おとよが酒肴の膳を持って入ってきた。

おとよが膳を置いて座敷から出ると、すぐに八吉が銚子を手にし、

「旦那、ともかく、一杯やってくだせえ。陽が沈めば、利助たちも帰(けえ)ってくるはずでさァ」

と言って、隼人の猪口に酒をついでくれた。

隼人は猪口の酒を飲み干した後、

「おまえも飲め」

と言って、八吉にもついでやった。

店の客がふたりだけだったので、八吉も隼人の相手をして猪口をかたむけた。それから小半刻(三十分)ほどしたとき、利助と綾次が帰ってきた。

「利助、綾次、待っていたぞ」

隼人は、ふたりに声をかけた。

「旦那、岸田屋の件ですかい」

利助が目をひからせて訊いた。綾次も、食い入るように隼人を見つめている。

「それもあるが、今度の事件は、奥が深いようだ」

隼人はそう前置きし、野上道場の門弟ふたりの件と益子屋の番頭と手代が斬殺された二件を話した。

「三件とも同じ筋とみている」

隼人が低い声で言った。

「で、でけえ事件だ！」

利助が昂った声を上げた。

「ふたりとも明日から探索にあたってもらうぞ」

「へい！」

利助と綾次がいっしょに答えた。

4

「旦那、あれが岸田屋ですぜ」

利助が、前方を指差して言った。

隼人は利助と綾次を連れて深川今川町の大川沿いの道を歩いていた。まず、岸田屋から話を訊いてみようと思ったのである。

「大店だな」

大川端に土蔵造りの二階建ての店が建っていた。材木問屋らしく、脇に材木をしまう倉庫が二棟あり、裏手には土蔵もあった。道を隔てた店の前に桟橋があり、猪牙舟が三艘舫ってあった。岸田屋の材木を運ぶための舟らしい。

「利助と綾次は、台所にまわってそれとなく聞き込んでみてくれ」

店の脇まで来て、隼人が言った。ふたりを連れて、店に乗り込むわけにはいかなかったのである。

「承知しやした」

すぐに、利助が言った。

隼人はひとりで岸田屋の暖簾をくぐった。土間の隅に印半纏姿の男がふたり、何やら話していた。店の奉公人と大工らしい男である。ふたりは店に入ってきた隼人を目にすると、話をやめて顔をこわばらせた。隼人は八丁堀ふうの格好をしていたので、すぐに町方同心と知れたのである。

土間の先にひろい板敷きの間があり、右手が帳場になっていた。帳場格子の向こうで、番頭らしい年配の男が算盤をはじいていた。

番頭らしい男は隼人に気付くと、慌てた様子で立ち上がり、腰をかがめたまま上がり框のそばに来た。

「これは、八丁堀の旦那、何かご用でしょうか」

番頭らしい男は愛想笑いを浮かべていたが、隼人にむけられた目には警戒するような色があった。

「番頭か」

番頭の富蔵は殺されていたが、これだけの大店になれば、二番番頭がいるのだろう。

「はい、番頭の重蔵でございます」

「おれは、八丁堀の長月だ。あるじの藤右衛門に会いたいのだがな」

隼人は、岸田屋のあるじが藤右衛門という名であることを聞いていた。

「殺された番頭さんと手代のことでしょうか」

重蔵が、小声で訊いた。

「そうだ」

「すぐに、あるじに話してまいります。お待ちになってくださいまし」

重蔵は慌てた様子で言い残し、帳場の脇から奥へむかった。

いっときすると、重蔵がもどってきて、

「お上がりになってくださいまし。……あるじが、奥でお話をうかがうそうでございます」

と、口早に言った。

隼人は重蔵に案内されて、帳場の奥にある座敷に案内された。そこは上客との商談の座敷であろうか。ひろくはないが、落ち着いた雰囲気があった。床の間があり、山水の掛け軸が下がっていた。莨盆や座布団も用意されている。

隼人が座敷に腰を落ち着けて間もなく、廊下を歩く足音がして障子があいた。姿を見せたのは、五十がらみと思われる恰幅のいい男だった。唐桟の羽織に細縞の小袖。葡萄茶の角帯をしめていた。いかにも大店の旦那を思わせる身装である。

「お待たせいたしました。あるじの藤右衛門でございます」

藤右衛門は隼人に頭を下げた。

隼人もあらためて名乗ってから、

「殺された富蔵と吉之助のことで、訊きたいことがあってな」

と、切り出した。

「八丁堀の旦那が二度見えられまして、お話をしましたが、まだ下手人の目星はつかないのでございましょうか」

藤右衛門の顔に、当惑したような表情があった。

「まだだ。ふたり組の武士らしいことは分かったがな」

隼人が言った。

「辻斬りでしょうか」

「いまのところ、何とも言えんな」

「本所でもお侍さまがふたり、斬られてお亡くなりになったと聞きましたが……」

藤右衛門が不安そうな顔をした。深井と霧島が、殺されたことを耳にしているらしい。

「その件も、町方が調べているはずだ」

隼人はくわしいことを口にしなかった。藤右衛門に話しても仕方がないのである。

「ところで、藤右衛門、番頭と手代が殺される前だがな、何か、不審に思ったことはないか」

「不審なことと申されましても」

藤右衛門は首をひねった。

「そうだな。見知らぬ武士が店にきて因縁をつけたとか、奉公人が武士に何か訊かれたとか……」

隼人は、ふたりの武士が岸田屋と何か関係があったのか、それとも殺された番頭と手代は偶然通りかかっただけなのか、それを知りたかった。

「そのようなことはありませんが」

藤右衛門ははっきりと答えた。

「ふたりが殺された後は、どうだ？」

「うろんなお侍が、店に来たことはありません」

「店に来たこともないのか」

「ちかごろ、お武家さまが店に見えたのは、彦里藩の方だけです」

「なに、彦里藩だと！」

思わず、隼人が声を上げた。

「は、はい……」

藤右衛門が驚いたような顔をして隼人を見た。隼人が急に大きな声を出したからであろう。

「陸奥国の彦里藩だな」

隼人が念を押すように訊いた。やはり、岸田屋の番頭と手代殺しにも、彦里藩がかかわっているようだ。

「そ、そうです」

「いつ来た」

「番頭と手代が殺された後、五日ほどしてからです」

「訪ねてきた者の名は分かるか」

「はい、おふたりみえました。浅野平次郎さまと青山政之助さまです」

「…………」

　隼人は、浅野も青山も知らなかったが、脳裏に南八丁堀で益子屋の番頭と手代が殺されたとき、現場に集まっていた者たちから話を訊いていた三人の彦里藩士のことがよぎった。浅野と青山は、あのときのふたりかもしれない。

「ふたりの用件は？」

　隼人は声をあらためて訊いた。

「ふたりが殺される前、彦里藩のご家中の方が店に訪ねてこなかったか、お訊きになりました」

　藤右衛門は当惑したような顔をして言った。

「それで、訪ねてきた者はいるのか」

「ございません」

「いないのだな」

隼人は念を押した。

「はい」

「ところで、藤右衛門、この店は彦里藩と何かかかわりがあるのか」

隼人は、藤右衛門の口振りから岸田屋が彦里藩と何か特別なつながりがあるような気がしたのである。

「多少のかかわりはございます」

藤右衛門が小声で言った。

「どのようなかかわりだ」

「五年ほど前になりましょうか。……彦里藩では、中屋敷をご普請されたことが、ございます」

藤右衛門によると、彦里藩の中屋敷は芝にあるという。古い屋敷のためにだいぶ傷み、建て替えることになったそうだ。そのおり、材木の調達や調度類の世話などを岸田屋でしたそうである。

「それだけでなく、てまえどもでご家臣の住まいもお世話しております」

藤右衛門が言い添えた。

「町宿か」

「はい」

藤右衛門によると、岸田屋には十数軒の持ち家があり、いずれも借家として貸しているという。そのうちの八軒に、彦里藩士が住んでいるそうだ。

「つかぬことを訊くが、本所緑町にも持ち家があるのか」

隼人は、深井と大草が住んでいた町宿のことを訊いたのである。

「いえ、緑町にはございません」

「そうか」

どうやら、深井たちが住んでいた家は、岸田屋の持ち家ではなさそうだ。

それから、隼人は彦里藩士の住んでいる町宿のことを訊いてから腰を上げた。

藤右衛門は隼人を見送りに店先まで来ると、

「長月さま、番頭と手代を殺した下手人をお縄にしてくださいまし。いまのままでは、ふたりとも浮かばれませんので……」

と、しんみりした口調で言った。

「そのつもりで調べている」

そう言い置いて、隼人は店先を離れた。

店の脇で、利助と綾次が待っていた。隼人たちは大川端の道を川上にむかった。今日のところは、このまま豆菊にもどるつもりだった。

大川端を歩きながら、隼人は利助と綾次に聞き込んだことを訊いたが、探索に役立つような話はなかった。

5

翌日、隼人は利助と綾次を連れて行徳河岸に出かけた。益子屋で、事件のことを訊いてみるつもりだった。

行徳河岸は廻船問屋や米問屋などの大店が多いが、そうした大店のなかでも、益子屋は目を引く大きな店舗を構えていた。間口のひろい土蔵造りの堅牢な店で、裏手には土蔵が二棟あった。繁盛している店らしく、奉公人、商家の旦那ふうの男、船荷を運び込む船頭などが頻繁に出入りしていた。

「利助、綾次とふたりでな、店の近所を聞き込んでくれ。……念のために、彦里藩のことを訊いてみろ」

隼人が益子屋の店先で言った。

「承知しやした」

利助が目をひからせた。利助も隼人から話を聞いて、此度の件には彦里藩がかかわっているとみているようだ。

隼人はひとりで益子屋の暖簾をくぐった。

番頭の作蔵が案内したのは、帳場の脇の座敷だった。そこも、上客との商談に使われる座敷らしかった。作蔵も、二番番頭のようである。

あるじは、なかなか姿を見せなかった。女中が運んできた茶が冷めてきたころ、やっと障子があいて、長身痩軀の男が座敷に入ってきた。

「あるじの宗兵衛でございます。まことに、もうしわけございません。ちょうど、御留守居役の方がお見えになっておりまして、座をはずすことができませんでした」

宗兵衛が恐縮して言った。

五十がらみであろうか。鷲鼻で、頬がこけ、顎がとがっていた。長身のせいもあるのか、すこし背がまがっている。

「御留守居役というと、彦里藩の方か」

隼人は、大名家の御留守居役なら彦里藩ではないかと思った。

「よくご存じで」

宗兵衛は驚いたような顔をして隼人を見た。

「それで、御留守居役どのは、どのような用件で見えられたのだ」

さらに、隼人が訊いた。

「これといった用件は、ございませんでした。なんですか、近くを通りかかったので、寄ってみたとおっしゃっておられましたが……」

宗兵衛は語尾を濁した。御留守居役の用件が、宗兵衛にもはっきりしなかったのであろう。

「御留守居役が店に来ることがあるのか」

益子屋と彦里藩は、何か強いかかわりがあるようだ。そうでなければ、御留守居役がたいした用もないのに店に立ち寄ったりはしないだろう。

「はい、取引きのことで、お見えになることがございます」

宗兵衛によると、益子屋は彦里藩の蔵元のような立場で、藩の専売米の江戸への廻漕、米問屋への売り渡しなど一手に引き受けているという。そうした取引きのおりに、御留守居役の室田牧右衛門が顔を出し、藩士たちにあれこれ指図するそうだ。また、取引きの相談のおりにも、室田が藩を代表して姿を見せることもあるという。

隼人は宗兵衛の話を聞いて、やはり、辻斬りの仕業ではない、と確信した。事件の背後には、彦里藩が強くかかわっているとみていい。彦里藩士の深井はむろんのこと、岸田屋と益子屋も彦里藩とつながりがあるのだ。

「ところで、殺された番頭と手代の件だがな。下手人に、何か心当たりはあるか」

隼人が、声をあらためて訊いた。

「金目当ての辻斬りと、聞いておりますが」

宗兵衛によると、番頭は得意先との商談の帰りに殺され、持っていた三十両ほどの金を奪われたという。また、事情を訊きに来た田所という町方同心が、辻斬りの仕業ではないかと口にしたそうだ。

……田所か。

隼人は、南八丁堀の現場で顔を合わせた北町奉行所の田所のことを思い出した。田所も事件の探索に当たっているようだが、岸田屋や深井たちの殺しとは、つなげてみなかったようだ。

「宗兵衛、番頭と手代が殺された後だがな、彦里藩の家臣が事件のことを訊きに来なかったか」

「おふたり、おいでになりました」

「浅野平次郎どのと青山政之助どのではないか」

隼人は、岸田屋の藤右衛門から聞いたふたりの名を口にした。

「よく、ご存じで」

宗兵衛が驚いたような顔をした。

「ふたりは、何を訊いたのだ」

どうやら、浅野と青山は事件を探っているようだ。深井を斬った下手人をつきとめようとしているのかもしれない。

「殺された番頭と手代のことです。おふたりから、番頭と手代がどこへ行った帰りに襲われたのか訊かれましたので、得意先と水谷町にある清水屋（しみずや）で商いの相談をした帰りだとお話ししました」

「清水屋か」

隼人は清水屋を知っていた。老舗の料理屋で、大名の御留守居役や大店の旦那など客筋がいいことで知られていた。隼人は清水屋の前をよく通るが、まだ店に入ったことはなかった。

「浅野たちが訊いたのは、それだけか」

「いえ、ご家中の方が訪ねてこなかったか、訊かれました」

「訪ねてきたのか」

「ちかごろ、御留守居役さまの他にみえられた方はいませんが」

「そうか。……ところで、浅野どのと青山どのの役柄を知っているか」

隼人が訊いた。

「大目付の滝沢さまのご配下だと聞きました」

「すると、目付筋か」

隼人は、深井が目付だったのを思い出した。浅野たちと同じ役柄らしい。深井も、目付のひとりとして事件を探っていたのかもしれない。

「そのようです」

「宗兵衛、本所で彦里藩士の深井浅之助なる者が斬り殺されたのだが、知っているか」

「噂は聞いております。それに、深井さまは、てまえも存じております」

宗兵衛が声を低くして言った。

「なに、深井どのを知っているのか」

思わず、隼人が聞き返した。

「存じておりますが、一度当店でお話ししただけでございます」

「どんな話をしたのだ」

「二月ほど前のことですが、深井さまが店にみえられ、ご家中の方のふたりの名を挙げて、店に来なかったか訊かれました」

やはり、深井は事件を探っていたようだ。となると、深井は事件を探っていたために、殺されたのではあるまいか。そうであれば、いっしょに殺された霧島は、巻き添えを食ったことになる。

「そのふたりの名は?」

隼人が訊いた。

「たしか、佐原さまと山崎さまだったと……」

宗兵衛は首をひねった。はっきりした記憶ではないようだ。

「佐原と山崎な」

隼人はまったく覚えがなかったが、ふたりは今度の事件にかかわっているにちがいない。

「それで、佐原と山崎は店に来たのか」

「いえ、見えたことはありません。それに、おふたりとも初めて耳にした名でございました」

「深井どのが訊いたのは、それだけか」

「御留守居役さまのことも、訊かれました」

「どんなことを訊かれたのだ」

「御留守居役さまは、よく店に来るのかとか、来るとどんな話をするのかとか、世間話のような内容でしたが……」

宗兵衛は語尾を濁した。

「うむ……」

深井は目付だった。佐原と山崎なる者を探っていたのではあるまいか。御留守居役も、深井が探っていた件と何かかかわりがあるのにちがいない。それに、浅野と青山も、目付筋だった。となると、深井も浅野たちと同じ件の探索にあたっていたとみていい。

……浅野と青山に訊けば、様子が知れそうだ。

と、隼人は思った。

それから、隼人は宗兵衛にあらためて彦里藩とのかかわりを訊いた。宗兵衛によると、益子屋は彦里藩の専売米を一手に扱い、資金の用立てなどもおこない、蔵元のような立場だという。だが、益子屋は、彦里藩の他にも同じようなかかわりを持っている大名家があるそうだ。

「彦里藩は大事な取引先ですが、店の身代を賭けるような大きな取引きはしておりません。一藩だけに偏りますと、その藩の財政が破綻したりお家騒動があったりすると、こちらも大きな痛手をこうむることになりますもので」

宗兵衛が低い声で言った。表情は変えなかったが、双眸には商才に長けた男らしい鋭いひかりが宿っていた。

6

「野上どの、もう一度、大草どのに会いたいのですが」

隼人は野上を前にして言った。

野上道場だった。隼人は道場の稽古が終わったころを見計らって、石原町に来ていたのだ。隼人は八丁堀ふうの格好ではなく、黒羽織に袴姿だった。大草に会うには、八丁堀ふうでない方がいいと思ったのである。

隼人は、大草に訊けば、深井が目付として何を探っていたか分かるのではないかとみていた。

道場には、隼人と野上、それに清国の姿があった。午後の稽古が終わって、小半刻(三十分)ほど過ぎていたが、野上と清国は稽古着姿である。まだ、ふたりの稽古着は濡れていたが、顔の汗はひいている。

「深井と霧島を斬った下手人をつきとめるためか」

野上が訊いた。

「そうです」

「よし、いっしょに行こう」

すぐに、野上は立ち上がった。

隼人は、野上が着替えるのを待って道場から出た。清国は、道場の戸口に立ってふたりを見送った。

隼人は緑町にむかって歩きながら、これまで探ったことを野上に話し、

「どうやら、深井どのたちを斬った下手人は、辻斬りではなく彦里藩にかかわりのある者のようです」

と言い添えた。まだ、彦里藩士かどうかははっきりしなかったので、そう言っておいたのだ。

「そやつらは、商人（あきんど）も斬っているのか。それも、四人も――」

野上は驚きと怒りの入り交じったような顔をした。

「辻斬りに見せかけて斬ったようです」

ふたり組の武士は辻斬りの仕業に見せかけ、狙った相手を待ち伏せて斬殺したにち

がいない。

「いずれにしろ、深井と霧島の無念を晴らしてやらねばな」

野上が強いひびきのある声で言った。

そんなやりとりをしながら歩いているうちに、隼人と野上は大草の住んでいる借家の前まで来た。すでに、陽は西の家並の向こうに沈み、軒下には淡い夕闇が忍び寄っている。

「帰っているようだな」

家のなかで、床板を踏むような音が聞こえた。

野上が引き戸をあけて奥に声をかけると、障子があいて大草が姿を見せた。

「何か、ご用でござるか」

大草が訊いた。顔に訝しそうな表情がある。隼人たちが、突然訪ねてきたからであろう。

「深井のことで、そこもとに訊きたいことがあってな」

そう言って、野上が隼人に目をやった。

「深井どのを斬った者が、なかなかつきとめられないのだ。大草どのに訊けば、何か分かるかもしれないと思ってな」

野上がつづけた。

「それがしには、見当もつかないが……」

大草は上がり框の近くに膝を折った。

隼人と野上も、上がり框に腰を下ろした。

「大草どの、深井どのは殺される前、何を探っていたのです？」

隼人が切り出した。

「深井どのは大目付の滝沢さまのお指図で密（ひそ）かに動いていたようだが――。内密の調べらしく、深井どのはそれがしにも何を探っているか話さなかったのだ」

大草によると、大目付の滝沢泰之助（やすのすけ）は江戸の目付筋をたばねている男だという。

「ところで、浅野平次郎どのと青山政之助どのを知っているか」

隼人は、ふたりの名を出した。

「知っているが――」

大草が驚いたような顔をして隼人を見た。

「深井どのは、浅野どのや青山どのといっしょに探索に当たっていたのではないのか」

隼人が訊いた。

「いかにも……。ただ、浅野どのや青山どのが出府したのは二か月ほど前でして、深井どのが浅野どのたちと探索を始めたのは、それからのことです」

「すると、浅野どのや青山どのは、国許にいたのですか」

「いかさま」

「うむ……」

どうやら、浅野たちは事件の探索のために急遽出府したようだ。

「それにしても、長月どのはどうしてそのことを……」

大草が探るような目をして隼人を見た。ただの御家人ではないと思ったようだ。

「実は、それがし町奉行所の同心でござる」

隼人は、これ以上隠すことはないと思って身分を明かした。

「町方同心……！」

大草は息を呑んだ。

「町方同心のなかにも、隠密のように身装を変えたり跡を尾けたりして、下手人を探る者がおるのです」

隠密同心とは口にしなかった。もっとも、それだけ言えば大草も察知するだろう。

「………」

大草は無言のまま隼人を見つめた。その顔に、警戒するような表情が浮いている。

「ただ、それがし、野上道場とは深い縁があり、深井どのを存じていたと話したのは事実でござる」

隼人がそう言うと、野上が、

「長月は、わしの弟弟子でな。長い付き合いなのだ。……何とか深井の敵（かたき）を取ってやりたいと思い、おれが長月に探索を頼んだのだ」

と、言い添えた。

「それに、深井どのを斬った下手人は、ふたりの武士で、今川町の岸田屋と行徳河岸の益子屋の番頭と手代を襲い、四人も斬り殺しているのだ」

「…………！」

大草の顔がけわしくなった。

岸田屋と益子屋の番頭と手代が殺されたことは、大草の耳にも入っているにちがいない。

「それがしは町方ゆえ、彦里藩のことに手を出すつもりはまったくない。だが、岸田屋と益子屋の番頭と手代は町人だ。それに、下手人は四人を殺した上に、金を奪っている。これを見逃すことはできんのだ」

隼人が強い口調で言った。町奉行所としても、当然下手人の探索にあたることを示唆したのだ。

「そういうことで、ござるか」

大草の表情は硬かったが、声はいくぶんやわらいだ。隼人が何者で何をしようとしているか分かったからであろう。

「ところで、大草どの」

隼人が声をあらためて言った。

「佐原と山崎をご存じか」

「…………！」

大草の顔がこわばった。隼人にむけられた視線が揺れている。

「ご存じらしいな」

「し、知っている」

大草が震えを帯びた声で言った。

「何者か、話してもらえないか」

「…………」

大草は身を硬くしたまま口をとじていたが、

「それがしの口から話すことはできぬ。……長月どの、浅野どのと青山どのに会っていただけないかな」

と、腹を固めたような顔をして言った。

「承知した」

隼人は、浅野と青山に会えば事件の全貌が見えてくるのではないかと思っていたのだ。

第三章　待ち伏せ

1

京橋、大富町、三十間堀沿いに池沢屋という料理屋があった。その二階の座敷に隼人は来ていた。座敷には、野上と大草、それに三人の武士の姿があった。彦里藩士の浅野平次郎、青山政之助、それに鶴江弥助という男である。鶴江も、目付だという。

隼人は浅野、青山、鶴江の三人の顔を覚えていた。三人は、南八丁堀で益子屋の番頭と手代が殺されたとき、現場に来ていた男たちである。

大草が隼人と浅野たちを会わせるために、池沢屋に座をもうけたのだ。

隼人と野上、それに浅野たち三人が名乗り、酒肴の膳がとどくと、

「まず、喉をしめしてくだされ」

と、大草が男たちに声をかけた。

その場に集まった六人が、近くに座った者でつぎ合っていっとき杯をかたむけた後、

「長月どの、これまで探ったことを話してもらえまいか」

と、大草が切り出した。

「承知した」

隼人は浅野たちに会ったら、これまでの探索で分かったことを話すつもりでいた。こちらで探ったことを隠しておいて、浅野たちからだけ話を聞くわけにはいかなかったのである。

隼人は深井と霧島が斬殺されたことにつづいて、岸田屋と益子屋の番頭と手代が殺されたことを話し、

「三件とも、下手人はふたり組の武士とみている。殺された者たちの傷口は同じで、三人は首を横に斬られ、別の三人は袈裟に斬られていた。下手人は遣い手らしく、いずれも一太刀で仕留められていた」

と、言い添えた。

「まちがいない。深井たちを斬ったのは、佐原藤十郎と山崎峰次郎だ」

浅野が厳しい顔で言った。

浅野は三十代半ばであろうか。眉が濃く、眼光が鋭かった。首が太く、厚い胸をしている。武芸の修行で鍛えた体らしい。青山と鶴江も、がっちりした体軀で腰が据わ

っていた。三人とも、剣の遣い手とみていいだろう。

「佐原と山崎は、彦里藩の者でござるか」

隼人が訊いた。

「いや、いまは牢人の身だ」

浅野が話したことによると、佐原と山崎は彦里藩の家臣だったが出奔して国許から江戸に出たという。

青山と鶴江は、黙したまま浅野の話を聞いていた。どうやら、三人のなかでは浅野が頭格らしい。後で、大草から聞いて分かったのだが、浅野は目付組頭で、目付たちを束ねる立場だという。

「なにゆえ、ふたりは出奔したのでござる」

郷里(くに)を捨て禄を捨てて、江戸に出たからには、それなりの理由があるはずである。

「佐原と山崎は、国許で大目付の佐々木甚兵衛(ささきじんべえ)さまを襲って斬り、そのまま出奔したのでござる」

浅野によると、彦里藩にはふたりの大目付がいるが、佐々木はそのひとりで、浅野たちは配下だったという。浅野たちは江戸に出てから、滝沢の指図で動いているそうだ。

「なぜ、大目付を斬ったのです」

「そ、それは……」

浅野が困惑したような顔で語尾を呑んだ。

いっとき、座は重苦しい沈黙に包まれたが、浅野がちいさくうなずき、

「いずれ話すときが来るかもしれぬが、いまは御容赦くだされ」

と、重いひびきのある声で言った。

隼人は、彦里藩として知られたくないことだろうと思い、

「そこもとたちは、佐原と山崎を追っているのではござらぬか」

と、訊いた。目付として、江戸に逃げてきた佐原と山崎の居所をつかみ、捕らえようとするのは当然である。

「われらは三人は、国許からの討っ手でもござる」

浅野が低い声で言うと、青山と鶴江がうなずいた。

「目付筋と聞いているが？」

「いかにも、われら三人は目付筋の者だが、二か月ほど前まで国許にいたのだ」

浅野によると、二か月ほど前、佐原と山崎が大目付の佐々木を斬殺して江戸へ逃げたという。そのため、浅野たち三人は討っ手として出府した。そして、江戸に着いて

からも、目付という立場で探索にあたりながら、佐原と山崎の行方を追っているそうだ。

浅野が話し終えると、黙って聞いていた大草が、

「浅野どのたちは、柴田一刀流の遣い手でしてね。国許の目付筋のなかから討っ手に選ばれたのです」

と、口を挟んだ。

「柴田一刀流とは？」

野上が訊いた。一刀流には、中西一刀流、北辰一刀流、甲源一刀流など様々な分派があるが、野上は柴田一刀流という流名を聞いたことがなかったのだろう。

「それがしが聞いているところによると、正徳のころ柴田玄泉なる武芸者が領内に道場をひらき、柴田一刀流を指南したそうです」

一刀流を身につけていた柴田は領内の僻村に住みつき、山岳の地に籠もって修行をつづけて精妙を会得したという。その後、柴田は領内に道場をひらき、柴田一刀流と称して藩士や郷士たちに剣術の指南をした。その流派が、いまでも彦里藩の領内にひろまっているという。

「柴田一刀流は、江戸で盛んな一刀流とはちがうのか」

野上が身を乗り出すようにして訊いた。道場主である野上は、柴田一刀流に強い関心をもったようだ。

「いや、ほとんど変わりはないが、流祖の柴田さまが工夫された独自の刀法がある。それは、柴田一刀流の奥義（おうぎ）ともいわれている霞竜（かすみりゅう）の太刀でござる」

浅野が重いひびきのある声で言った。

「霞竜とは」

野上が身を乗り出すようにして訊いた。

「霞竜には秘剣といわれている落し竜と払い竜の太刀があります」

「落し竜、払い竜とな」

「いかさま」

「どのような太刀でござる」

すぐに、野上が訊いた。

「一言でいえば、落し竜は竜のごとく強く迅（はや）く、真っ向や袈裟に一気に斬り落とす太刀で、払い竜は横に疾（はし）る飛竜のごとく、横に強く払う太刀でござる」

そのとき、野上と浅野のやり取りを聞いていた隼人が、

「佐原と山崎も、柴田一刀流一門だったのではないのか」

と、訊いた。

「いかにも。ふたりとも、一門では名の知れた遣い手だった」

ただ、柴田一刀流の道場は城下と山間の地の二か所にあり、道場間の交流はほとんどないという。それというのも城下にある道場には彦里藩の家臣たちが通い、山間の道場には郷士や猟師、それに軽格の藩士の師弟などが通っていたそうだ。

ふたつの道場は場所が離れていた上に門弟の身分の差もあったので、それぞれの道場の門弟たちは、他の道場の門弟たちとの接触を避けていたという。

浅野たちは城下の道場で、佐原と山崎は山間の道場に通っていたので、名や腕のほどは聞いていたが、話したことはなかったそうだ。

「袈裟に斬った太刀が落し竜で、首を横に払った太刀が払い竜ではないのか」

隼人の脳裏に、南八丁堀で見た首を横に斬られた傷口と袈裟に斬られた傷口とがよみがえった。

「いかさま」

「佐原と山崎は、落し竜と払い竜を遣ったのか」

「おそらく、佐原が払い竜で、山崎が落し竜を遣ったはずだ」

浅野によると、払い竜の方が精妙な技でなかなか会得できないそうだ。佐原は山崎より遣い手なので、払い竜も会得しているのではないかという。また、山崎は長身の上に長刀を遣うので、落し竜が遣いやすいそうだ。

「深井どのだが、佐原と山崎のことを知っていたのか」

隼人が訊いた。

「ふたりが何をして出奔したのかは知っていたが、会ったことはないようだ。おそらく、顔を合わせても分かるまいな」

浅野によると、深井は長く江戸にいたので、佐原と山崎に会う機会はなかったはずだという。

「いずれにしろ、深井どのや番頭たちを斬ったのは、佐原と山崎に間違いないな」

これで、下手人ははっきりした、と隼人は思った。

「ところで、佐原と山崎だが、どういうわけで、岸田屋と益子屋の番頭と手代を斬ったのです」

佐原と山崎は金目当てでなく、初めから岸田屋と益子屋の番頭と手代の命を狙って襲ったと、隼人はみていた。

「そ、それは、まだ……。われらも、はっきりしたことはつかんでないし、藩の恥にもなるゆえ、いまは御容赦くだされ」

浅野が声をつまらせて言った。どうやら、家中に騒動があるらしく、他言したくないようだ。

……いずれ、はっきりするだろう。

隼人は胸の内でつぶやき、それ以上は訊かなかった。

次に口をひらく者がなく、座が沈黙につつまれたとき、

「浅野どの、願いの筋がござる」

野上が、浅野を見つめて言った。

「落し竜と払い竜の太刀を見せていただけぬか」

「われらは未熟ゆえ、まだ会得しておらぬが……」

浅野が当惑したように言うと、そばにいた青山と鶴江も困ったような顔をして視線を膝先に落とした。

「いや、どのような刀法なのか見せてくれるだけでいい。どうであろう、明日にも、本所にあるおれの道場に来てもらえないかな。……深井が通っていた道場だ」

野上が訴えるような口調で言った。野上は道場主ということもあって、他流の刀法に強い興味を持っていた。それに、落し竜、払い竜、と名のついた秘剣となれば、なおのこと刀法だけでも見たいはずである。

「太刀捌きだけなら……」

浅野が仕方なさそうに言った。

「ありがたい。明日、道場でお待ちしている。むろん、長月もいっしょでござる」

そう言って、野上は隼人に目をむけた。

隼人は黙ってうなずいた。

2

野上道場には、七人の男が集まっていた。野上、隼人、清国、浅野、青山、鶴江、それに大草だった。

野上、隼人、清国の三人は、稽古着姿だった。道場には、男たちの汗の臭いと稽古の熱気がまだ残っていた。野上道場の門弟たちの姿はなかったが、午後の稽古が終わって間がなかったのだ。門弟たちのなかには残り稽古をしていた者もいたが、今日だけは野上が帰したのである。

「まず、落し竜から」

浅野が木刀を手にして道場のなかほどに立った。袴の股だちをとり、襷で両袖を絞っている。

「相手は、おれにやらせてくれ」

そう言って、野上が浅野と対峙した。

隼人や清国たちは、すぐに道場の隅に身を引いて座した。これから、野上と浅野の太刀捌きを見るのである。

野上と浅野の間合は、およそ三間半だった。

「構えは青眼」

浅野は青眼に構えた。

すると、野上も青眼に構えた。

ふたりとも、遣い手である。隙のない構えで、どっしりと腰が据わっている。野上の切っ先は、ピタリと浅野の目線につけられていた。一方、浅野の切っ先はやや低く、野上の喉のあたりにつけられている。

「まいる！」

浅野が、足裏を擦るようにして間合をせばめ始めた。

腰の据わった隙のない構えで、切っ先にそのまま喉を突いてくるような威圧感があった。

だが、野上はすこしも動じなかった。切っ先を敵の目線につけたまま微動だにしないで、浅野の気の動きを読んでいる。

浅野の寄り身がとまった。一足一刀の斬撃の間境の半歩手前である。浅野は全身に気勢を込め、いまにも斬り込んできそうな気配を見せた。気攻めである。

と、浅野が一歩踏み込み、ふいに剣尖が下がった。瞬間、浅野の面があいた。

間髪をいれず、野上の全身に斬撃の気がはしった。

タアッ！

野上が鋭い気合を発し、打ち込んだ。

振りかぶりざま面へ、一瞬の打ち込みである。

刹那、浅野が木刀を青眼から逆袈裟に撥ね上げた。

戛ッ、
と乾いた音がひびき、野上の木刀が弾かれた。

次の瞬間、浅野が撥ね上げた刀身を返しざま袈裟に打ち込んだ。

迅い！

逆袈裟から真っ向へ。まさに、飛竜のごとく、果敢で迅い一瞬の打ち込みである。

隼人たちの目に、野上が打たれた！　と見えた瞬間、野上は背後に跳んでいた。こちらも、俊敏な動きである。

次の瞬間、浅野の木刀は空を切って流れた。

ふたりは、背後に身を引き、大きく間合をとってから木刀を下ろした。

「落し竜にござる」

浅野が低い声で言った。かすかに顔が紅潮し、双眸が剣客らしい鋭いひかりを宿している。

「おそろしい太刀だ」

野上が驚嘆したように言った。

「それがしは、まだ落し竜を会得したとは思っていないのだ。本来の落し竜は、返しがさらに迅く、かわすのは至難といわれている」

「……………！」

野上は無言のままうなずいた。

「次は、払い竜だが、やってみますか」

浅野が訊いた。

そのとき、隼人が立ち上がり、

「それがしに、相手をさせてもらえまいか」

と、声をかけた。

隼人は、払い竜と対戦してみたかった。それというのも、これから先、佐原と立ち合うことがあるかもしれないとの読みがあったからだ。

「長月、やってみるか」

野上が言った。

「はい」

すぐに、隼人は立ち上がった。

「払い竜は、小太刀を遣うのだ」

そう言うと、浅野は道場の板壁にある木刀掛けに行って、小太刀を手にしてきた。

「小太刀か」

隼人が驚いたような顔をした。となると、佐原も小刀を遣って相手の首を斬ったことになる。隼人は、佐原が小刀を遣ったなどと思ってもみなかったのだ。

隼人と浅野は、およそ三間半の間合をとって対峙した。

隼人は青眼に構え、切っ先を浅野の目線につけた。

浅野は小太刀を握った右手の肘をすこし曲げ、切っ先を高くとった。隙のない小太刀の構えである。

……見事な構えだ！

と、隼人は思った。

右手にかざした小太刀の向こうに、浅野の体が隠れたように見えた。

「まいる!」

一声上げて、浅野が間合をつめてきた。

寄り身も見事だった。体勢も前にかざした小太刀も揺れず、そのままの構えで迫ってくる。

隼人は動かず、浅野の打ち込みの気配を読んでいた。

ふいに、浅野の寄り身がとまった。

……まだ、大刀の間合だ!

小太刀では、この間合から一歩踏み込んでもとどかない、と隼人は読んだ。

だが、浅野はその間合に立ったまま打ち込みの気配を見せた。全身の気勢が高まり、いまにも打ち込んできそうである。

……この間合から、踏み込んでくる!

と、隼人は察知した。

浅野の全身に斬撃の気が高まっていた。全身から、鋭い殺気をはなっている。

フッ、と隼人にむけられていた小太刀の切っ先が下がった。

……面があいた！

感知した瞬間、隼人は吸い込まれるように打ち込んだ。

イヤアッ！

裂帛の気合を発し、振り上げざま真っ向へ。

と、浅野の体が躍動し、小太刀がひるがえった。

カツン、という乾いた音がひびき、隼人の打ち込みがわずかに流れた。浅野が踏み込みざま、小太刀を逆袈裟に撥ねあげて隼人の木刀を受け流したのだ。

次の瞬間、浅野は隼人の懐に入るように大きく踏み込んで、二の太刀をはなった。

小太刀の切っ先が横一文字にはしった。

迅い！

逆袈裟から横一文字に。一瞬の太刀捌きである。

……受ける間がない！

と、隼人は頭のどこかで感じ、咄嗟に上体を後ろに倒した。

小太刀の切っ先が、隼人の首の前を横にはしった。もっとも、浅野は首に当たらないだけの間をとっていたのかもしれない。

……これが、払い竜か！

まさに、飛竜のごとく鋭く刀を横に払って斬る太刀である。

隼人と浅野は、間をとって木刀と小太刀を下ろした。

「払い竜の太刀、しかと、見せてもらった」

隼人が昂(たかぶ)った声で言った。

「いや、これでは払い竜とはいえぬ」

浅野によると、払い竜の太刀筋を見せただけで、本来の払い竜はさらに迅く、横に払う太刀に鋭さがあるという、
道場の両側に座していた野上たちも立ち上がり、隼人と浅野のそばに来た。

「いずれにしろ、佐原と山崎は払い竜と落し竜を遣うのだな」

野上が言った。

「相手はふたりだけではないだろう。江戸の藩士のなかにも、佐原たちに味方する者がいるはずだ」

浅野がけわしい顔をした。

3

「旦那、あれが丸源(まるげん)の家ですぜ」

利助が路地沿いの家屋を指差した。大きな家で、表戸はあいたままになっていた。ひろい土間に板や柱にするらしい角材などが積んであり、隅に大工道具が置いてあった。

隼人、利助、綾次の三人は、丸源と呼ばれている大工の棟梁の家の前に来ていた。隼人はふたたび岸田屋の藤右衛門に会い、彦里藩の中屋敷の普請をしたときの様子を聞くと、丸源の棟梁に訊けば、くわしい話が聞けるかもしれませんよ、と言われて来たのである。

戸口から家のなかを覗くと、丸に源の字の印半纏を羽織った大工らしい男がふたり土間に立っていた。商家の旦那ふうの男と何やら話している。普請の相談でもしているのかもしれない。

「利助と綾次は、出入りする大工をつかまえて話を訊いてくれ」

そう言い置き、隼人はひとりで敷居をまたいだ。

土間にいたふたりの大工らしい男が、驚いたような顔をして隼人を見た。話していた商人らしい男も、顔をこわばらせて隼人を見ている。隼人は、八丁堀ふうの格好をしてきたので、すぐにそれと分かったらしい。

「八丁堀の旦那、何かご用でしょうか」

初老の大工らしい男が腰をかがめ、揉み手をしながら隼人に近付いてきた。

「棟梁はいるか」

「てまえが、棟梁の源造でございます」

初老の男が愛想笑いを浮かべて言った。

隼人にむけられた細い目は笑っていなかった。警戒するような色がある。丸顔で、陽に灼けた浅黒い顔をしていた。皺が多く、鬢や髷に白髪が目立った。

「ちと、訊きたいことがあってな。岸田屋の藤右衛門から聞いてきたのだ」

「岸田屋の旦那から――」

源造の顔から警戒の色が消えた。藤右衛門の名を聞いて、安心したのかもしれない。

「旦那、ちょいと、お待ちを」

そう言って、源造は土間に立っているふたりに何やら話してから隼人のそばにもどると、

「戸口じゃア、うるさくて話になりやせん。どうぞ、お上がりになってくだせえ」

そう言って、隼人を土間の脇の帳場につれていった。帳場といっても帳場格子や机はなく、座敷に小簞笥と長火鉢が置いてあるだけである。

源造は隼人に座布団を出して座らせると、奥に茶を持ってくるよう声をかけた。

「やかましくて、話しづれえかもしれねえが、勘弁してくだせえ」

源造は口元に苦笑いを浮かべた。

「なに、気にすることァねえ。騒がしいところには慣れてるよ」

隼人は伝法な物言いをした。源造に合わせたのである。

定廻り、臨時廻り、隠密廻りの同心は、市中の遊び人、無宿者、徒牢人などと接する機会が多く、どうしても物言いが乱暴になる。

「源造、おめえ、陸奥国の彦里藩の屋敷を普請したことがあるそうだな」

隼人が切り出した。

「へい、芝のお屋敷を健て替えたことがございます」

「そのときの様子を話してもらいてえんだ」

「様子と言われやしても、何を話せばいいのか」

源造は戸惑うような顔をした。

「何か変わったことはなかったか」

「これといって、変わったことは……」

源造は小首をかしげた。

「材木や調度などは、岸田屋が扱ったと聞いているが」

「へい、岸田屋じゃァ、番頭の富蔵さんと手代の吉之助さんがかかわったらしく、よく普請場にも顔を見せてやした。そういやァ、ふたりは辻斬りに殺られたそうで——。旦那は、その調べですかい」

源造が腑に落ちたような顔をした。

「まァ、そうだ。……彦里藩からも普請の様子を見に来たはずだな」

「へい、普請方から来やした」

「普請方から来ただけか」

「他に、御留守居役さまが富蔵さんといっしょに来ることがありやした」

「御留守居役の室田どのか」

隼人は室田の名を出した。

「へい、室田さまが二、三人の御使役の方を連れて見えやしてね。あっしも、普請の様子を訊かれやした」

「ここにも、室田どのは顔を出していたのか」

隼人は、益子屋の宗兵衛から、室田は益子屋の取引きにもかかわっていたことを聞いていた。

隼人は、事件の裏で室田が見え隠れしているのが気になった。室田は事件にかかわっているのかもしれない。

「ところで、源造、ちかごろ彦里藩の家臣が何か訊きに来なかったか」

隼人が声をあらためて訊いた。

「来やした」

すぐに、源造が答えた。

「だれが来た？」

「おひとりは、浅野さまという方でしたが……。他の方の名は、分かりません。三人見えたのですが」

源造によると、三人のうちのひとりが浅野どのと声をかけたので、浅野の名が知れたという。

「浅野どのが来たのか」

隼人は、他のふたりは青山と鶴江だろうと思った。

「それで、浅野どのたちは何を訊いたのだ」

「御留守居役さまのことを訊きやした。それに、お屋敷の普請に使った材木や資材などについても、訊かれやしたが」

「材木や資材な。それで、何と答えたのだ」

「正直に申しやした。お大名のお屋敷にしては、値の張る材木や資材はすくねえと……」

源造は語尾を濁した。言いたくないことなのだろう。

「うむ……」

浅野たちは、普請にかかわる不正を調べていたのかもしれない、と隼人は思った。

それから、隼人はあらためて御留守居役の室田や殺された富蔵のことなどを訊いたが、事件につながるような話は聞けなかった。

「手間をとらせたな」

そう言い置いて、隼人は腰を上げた。

隼人は戸口から出て路地に目をやったが、利助と綾次の姿がなかった。いつもどるか分からないので、先に帰ろうかと思い、歩きだしたところに、利助と綾次が丸源の家の脇から走り出てきた。

「旦那、遅れちまってもうしわけねえ」

利助が慌てた様子で言った。

「どうだ、何か知れたか」

隼人は、ゆっくりとした足取りで歩きながら訊いた。その場に、立ち止まって話すわけにはいかなかったのである。

「へ、へい、知れやした。店に出入りしている大工から聞いたんですがね。丸源から出た富蔵と吉之助の跡を尾けていたやつが、いるらしいんでさァ」

利助が昂った声で言った。脇にいる綾次も、目をひからせていた。いい手掛かりをつかんできたと思ったようだ。

「だれが、尾けていたのだ」

「それが、名は分からねえんで」

「武士か」

「へい、羽織袴姿の二本差しらしいんで。それもふたりでさァ。ひとりは背のでけえ痩せた男で、もうひとりはがっちりした体をしたやつだそうで」

「佐原と山崎だ！」

隼人は、浅野たちからふたりの体軀を聞いていたのだ。

どうやら、佐原たちは初めから富蔵と吉之助の命を奪うつもりで付け狙っていたようだ。おそらく、益子屋の番頭と手代も同じであろう。深井も、そうだったのかもしれない。霧島はたまたま深井といっしょにいたために斬られたとみていいだろう。

4

「大草どの、深井どのや浅野どのたちは、御留守居役の室田の身辺を探っていたのではないのか」

隼人が大草に訊いた。

隼人は棟梁の源造から話を聞いた翌日、緑町の大草の家に来ていた。大草に御留守居役のことを訊いてみようと思ったのである。

「そうらしい」

大草は隠さなかった。

「佐原と山崎は、国許で大目付を斬り、出奔して江戸に来たという話だったな」

「そうだ」

「佐原と山崎は江戸に逃げてきたのではなく、江戸にいる彦里藩の者に刺客として呼ばれたのではないのか」

江戸に逃げてきた者が、彦里藩にかかわりある者たちを次々に襲って命を奪うはずはない。おそらく、佐原たちを呼んだのは、身分のある者だろう。

「……………！」

大草の顔がけわしくなった。口をとじたまま虚空を睨むように見つめている。

隼人は、かまわず話をつづけた。

「佐原たちを呼んだのは、御留守居役の室田牧右衛門ではないのか」

隼人の推測だったが、まちがいないような気がした。

「そ、それは……」

大草が戸惑うような顔をして口ごもった。大草の口からは言いづらいのかもしれない。

「大草どの、話してくれ。おれは、彦里藩の騒動をあばく気などまったくない。どのような不正があり、藩士のだれが殺されてもかかわりはないが、此度の件では深井どのといっしょにいた霧島佐吉という御家人の倅も殺されているのだ。……それに、番頭と手代が、四人も殺されている」

町方としても、放っておくわけにはいかなかった。

「……」

大草は苦渋に顔をゆがめて口を結んでいた。

「大草どの、知っていることを話してくれ。……いいのか、このままでは深井どのも、犬死にだぞ」

隼人が訴えるように言った。

「分かった。知っていることは話そう。……ただ、それがしは江戸に長くいたので、国許のことは分からないことも多い。それに、深井どのの口から洩れたことを耳にしただけなのだ」

そう前置きして、大草が話しだした。

国許にいた大目付の佐々木甚兵衛は、益子屋から支払われる藩の専売米の代金が近年すくないような気がした。そこで、配下の目付にひそかに帳簿類を調べさせ、御留守居役の室田が藩の専売米の売買をめぐり、不正を働いて私腹を肥やしているのではないかとの疑念を持った。佐々木は江戸にいる大目付の滝沢と勘定方に話して、室田の身辺と益子屋をひそかに探ってみた。

「その結果が出ないうちに、佐々木さまが佐原たちに斬り殺されたのだ。……不正が露見するのを恐れた御留守居役が、佐原たちに手をまわして佐々木さまを殺させたのではないかとの噂が流れたが、はっきりしたことはいまも分からない」

「それで」

隼人は話を先をうながした。

「その後、佐原たちは出奔して江戸に来たようだ。……その佐原たちを追うように、浅野どのたち三人が佐原たちの討っ手として江戸に入った。浅野どのたちは江戸に着くと、さっそく深井どのたちとともに、御留守居役の身辺を探りだした。同時に、佐原と山崎を討つための探索も開始した。ところが、今度は深井どのが、佐原たちに返り討ちにあったのだ」

「室田は己の身辺を探っている目付筋の者を始末するために、佐原たちを江戸に呼んだのだな」

「そうらしい」

「やはり、佐原たちは江戸に逃げてきたのではなく、刺客として呼ばれたのだな」

隼人の推測どおりだった。

「佐原と山崎は、腕がたつ。しかも、国許にはいられない身だ。刺客にはもってこいかもしれない」

大草が顔をしかめて言った。

「すると、佐原たちは、浅野どのたちも狙っているのではないのか」

佐原たちは、深井だけでなく、浅野たちも狙っているのではあるまいか。討っ手どころか、返り討ちに遭う恐れがある。

「その懸念はある」

大草は顔を曇らせた。

「うむ……」

ふたりは口をつぐみ、座敷が重苦しい沈黙につつまれたとき、

「ところで、益子屋だが、御留守居役の室田と結託して不正を働いていたのかな。おれには、そのようには見えなかったが」

隼人が声をあらためて訊いた。

隼人は益子屋のあるじの宗兵衛から話を聞いていたが、不正をしているとは思えなかった。宗兵衛は隠さずに彦里藩との取引きのことを話したのだ。

「いや、益子屋に不正はなかったらしい」

「どういうことだ？」

「ちかごろになって、浅野どのから聞いたのだが、益子屋から御留守居役の室田を通して藩の勘定方に専売米の代金が渡されるおり、室田が帳簿を改竄して米価を実際より安くみせかけて、差額を着服していたらしい」

「益子屋に罪はないということか」

宗兵衛が、隼人に隠さずに話したのも己にやましいことがなかったからだろう。

「目付筋も、そうみているようだ」

「材木問屋の岸田屋はどうなのだ」

隼人は棟梁の源造との話から、中屋敷の普請のおりの材木や資材の調達にかかわり、岸田屋と室田との間で不正があったとみていた。

「中屋敷を普請するとき、不正があったらしいとの噂は耳にしたが、岸田屋のことは聞いていないのだ……」

大草は語尾を濁した。

「うむ……」

大草も、はっきりしたことは知らないらしい。

「長月どの」

大草が隼人を見つめて言った。

「町方としては、どうするつもりなのだ」

大草としては、町方の動きが気になるのだろう。

「町方は、彦里藩の家中のことに手を出すつもりはない。幸い、佐原と山崎は牢人の身だ。ふたりだけは、深井どのと霧島どの、それに番頭と手代を斬殺した科で捕らえるつもりでいる。……辻斬りということで始末すれば、彦里藩の顔をつぶすようなことにはならないはずだ」

隼人は、佐原と山崎が町方の縄を受けるはずはないとみていた。捕縛できなければ、手に余ったことにして、斬るしかないだろう。

「かたじけない。……浅野どのたちにも、伝えておこう」

大草は、隼人に頭を下げた。

5

「浅野どの、いま門から出てきた男が稲垣です」

青山が声をひそめて言った。

浅野、青山、鶴江の三人は、愛宕下にある彦里藩、上屋敷の裏門の近くにいた。そこは、大身の旗本屋敷の築地塀の陰だった。その場に身をひそめて、稲垣仙次郎が出てくるのを待っていたのだ。

稲垣は使番で、室田の配下だった。浅野たちは室田の身辺を探り、稲垣が室田の使いとして陽が西にかたむいたころ頻繁に上屋敷から出ることをつかんでいた。浅野たちは、稲垣が室田の指示を伝えるために佐原たちと接触しているのではないかとみて、跡を尾けることにしたのだ。

裏門から出た稲垣は、黒羽織に袴姿で二刀を帯びていた。従者はなく、ひとりである。稲垣は通りの左右に目をやってから東に足をむけた。

「尾けましょう」

青山が言った。

「まず、青山が行け。おれと鶴江は後につく」

すでに、浅野たちは尾行の手筈を相談していた。三人そろって尾けたのでは、稲垣が振り返ったとき不審をいだく。それで、まずひとりが尾け、他のふたりがさらに後ろから前のひとりを尾けることにした。尾行が長引けば、前のひとりと後ろのふたりで交替するのである。

「承知」

青山は素早く網代笠をかぶって顔を隠すと、板塀の陰から出て、稲垣の跡を尾け始めた。

浅野と鶴江は、青山から半町ほど間をとって跡を尾け始めた。

稲垣は大名屋敷や大身の旗本などの屋敷のつづく通りを経て東海道に出た。

風のない静かな日である、陽は西の家並の向こうに沈みかけていたが、街道は人通りが多かった。旅人、駄馬を引く馬子、駕籠かき、雲水、供連れの武士などが行き交っている。

稲垣は東海道に出ると、北に足をむけた。日本橋方面である。稲垣は後ろを振り返ることもなく、足早に歩いていく。

青山も背後の浅野たちも、すこし間をつめた。東海道はまだ人影が多かったので、近付いても稲垣に気付かれる恐れがなかったのだ。

稲垣は汐留川（しおどめがわ）にかかる新橋を渡り、出雲町（いずもちょう）へ出た。さらに、稲垣は東海道を北にむかっていく。

前方に京橋が見えてきたとき、暮れ六ツ（午後六時）の鐘が鳴った。その鐘の音が合図でもあったかのように、あちこちから大戸をしめる音が聞こえだした。街道沿いの大店が店仕舞いし始めたのだ。

街道を行き来する人影が急にすくなくなり、旅人や駕籠かきなどの姿はしだいに見られなくなった。

「どこへ行く気ですかね」

鶴江が浅野に身を寄せて言った。

「佐原たちの隠れ家かもしれん」

この先に彦里藩の屋敷はないので、藩邸ではないはずである。

稲垣がひとりで飲食や女遊びのために上屋敷を出たとも思えなかった。となれば、佐原たちと会うためとしか考えられなかった。

「浅野どの、稲垣は右手にむかったようです」

青山の前方に見えていた稲垣が、右手におれるのが見えた。

その稲垣の姿が、浅野たちの視界から消えた。街道沿いの大店の陰に入ったようだ。

ふいに、前を行く青山が走りだした。稲垣の姿が見えなくなったからであろう。

「走るぞ！」

浅野と鶴江も、走りだした。ここまで尾行してきて、稲垣の姿を見失いたくなかった。

京橋のたもとまで行き、右手の通りに目をやると、青山の後ろ姿が見えた。店仕舞いした表店の軒下に身を隠すようにして歩いている。その青山の前方に、稲垣の姿が見えた。京橋川沿いの道を足早に東にむかって歩いていく。

稲垣は水谷町から八丁堀沿いにつづく南八丁堀に出た。そこは、益子屋の番頭と手代が殺された通りである。

辺りは薄暗くなってきた。通りに人影はなく、どの店も表戸をしめている。すこし風が出てきたらしく、堀際に繁茂している芒(すすき)や葦(あし)などが、サワサワと揺れていた。

稲垣は、益子屋の番頭と手代が殺された現場も通り過ぎた。いっときすると、前方に鉄砲洲(てっぽうず)稲荷(いなり)の杜(やしろ)が見えてきた。その先には、大川の河口と江戸湊の海原がひろがっているはずである。左手にかかる稲荷橋を渡れば、町奉行所の同心や与力の屋敷のある八丁堀に出られる。

稲垣が鉄砲洲稲荷の前を通り過ぎたとき、ふいに前を行く青山の足がとまった。

「おい、妙だぞ」

青山の前方にいる稲垣の足もとまっている。それに、稲垣は顔をこちらに向けて立っているようだ。

……気付かれたか！

と、浅野は思ったが、青山の様子がおかしい。

青山は堀際に身を寄せたまま動かない。どういうわけか、稲垣がこちらにもどってくる。

「浅野どの、別の男がいます！」

鶴江が声を上げた。

青山の斜前(はすまえ)にある店屋の軒下に人影があった。軒下の闇につつまれてはっきりしないが、武士らしく二刀を差しているのがみてとれた。小袖にたっつけ袴らしい。

「鶴江、行くぞ！」

叫びざま、浅野は走りだした。浅野は、稲垣ともうひとりの武士が、青山を襲おうとしているとみたのだ。

浅野と鶴江は懸命に走った。

……山崎ではないか！

青山の前に立っている武士は、長身である。山崎のようだ。長身の武士は刀を手にしているらしく、闇のなかで刀身が銀蛇のようにひかっていた。

稲垣は青山の右手に迫っていた。すでに、稲垣も刀を手にしている。

……稲垣は囮だったのでないか。

と、浅野は気付いた。稲垣を尾行させ、山崎や佐原が待ち伏せるのである。となると、近くに佐原もいるはずである。

だが、浅野は、佐原がいても勝機はある、と踏んだ。敵は三人、味方も三人である。佐原と山崎は遣い手だが、稲垣はたいした腕ではない。

6

「待て！」

浅野は声を上げて、青山のそばに走り寄った。

「待っていたぞ、浅野」

山崎が素早い動きで後じさり、来たぞ！　と大声で叫んだ。

すると、近くの店屋の脇からふたり、斜向かいの堀際の柳の樹陰からひとり、姿をあらわし、浅野たちの方に小走りにむかってくる。

三人とも武士だった。小袖にたっつけ袴で、革足袋に草鞋履きである。樹陰から出てきた男は、佐原だった。他のふたりも藩士らしいが、浅野は初めて見る顔だった。室田の配下であろう。

「待ち伏せか！」

佐原たちは、浅野、青山、鶴江の三人で稲垣を尾けてくると読んで、四人で待ち伏せ、稲垣をくわえた五人で襲うつもりで罠を張っていたにちがいない。

「浅野！　ここで始末をつけてやる」

佐原が小刀を抜いた。払い竜を遣うつもりらしい。

「おのれ！」

浅野が抜刀し、鶴江も抜いた。

ばらばらと佐原たちが、浅野と鶴江を取りかこむようにまわり込んできた。

浅野の前に、佐原が立った。鶴江には、ふたりの男が切っ先をむけていた。前にひとり、右手にひとりである。

「浅野、うぬはおれが斬る」

佐原が浅野に小刀の切っ先をむけた。払い竜を遣うつもりで、初めから小刀を手にしたようだ。

ふたりの間合は、およそ三間半。まだ、一足一刀の斬撃の間境の外である。

都合、八人の男たちが抜き身を手にしていた。淡い夕闇のなかで、それぞれの刀身が銀色ににぶくひかっていた。

気合を発したり、叫び声を上げる者はいなかった。異様な静寂と緊張が、男たちをつつんでいる。八丁堀の土手や水際に繁茂した芒や葦を揺らす風音と、汀の石垣を打つ水音だけが聞こえてきた。

「いくぞ！」

佐原が腰をわずかに沈め、小刀を前に突き出すように構えた。小太刀の構えである。この構えから、払い竜を遣うはずだ。

浅野は刀を振り上げて八相に構えた。小刀に対して、上から斬り下ろす構えの方が有利とみたのである。

佐原はすかさず、小刀の切っ先を浅野の左拳につけた。上段や八相に対する小太刀の構えである。

……できる！

浅野は、背筋を冷たい物で撫でられたような気がして身震いした。

佐原の構えには、まったく隙がなかった。しかも、そのまま小刀の切っ先が左手に迫ってくるような威圧感がある。

浅野は敵を見下ろすように八相に構えながら、佐原に押されて腰が浮いていた。

……払い竜に後れをとる！

と、浅野は察知した。

すばやく、浅野は青山と鶴江に目をはしらせた。それぞれ、ふたりを敵にしていた。しかも、青山は山崎ともうひとりの男を相手にしている。とても、勝ち目はなかった。

このままでは、三人とも斬り殺される、と浅野はみた。

……逃げるしか手はない！

そう思ったとき、浅野の脳裏に隼人のことがよぎった。同時に、町方同心や与力の住む八丁堀が、稲荷橋を渡った先だと気付いた。ここから遠くない。隼人の家がどこにあるか分からないが、組屋敷の近くで斬り合いになれば、同心や与力たちが姿を見せるはずである。

……助かるかもしれない。

と、浅野は頭のどこかで思った。

幸い、佐原は小刀だった。走りながら逃げる敵を斬るのは難しい。

「青山、鶴江、つっ走れ！」

浅野は叫ぶと、突如、裂帛の気合を発した。そして、いきなり前に立っている佐原に、踏み込みざま八相から斬り込んだ。遠間からの斬撃である。

オオッ！

と声を上げ、佐原が小刀を逆袈裟に撥ね上げて浅野の刀身をはじいた。

すかさず、佐原は小刀を横に払った。一瞬の二の太刀だが、その切っ先は空を切った。浅野が遠間から仕掛けたために、わずかに切っ先がとどかなかったのだ。

浅野は、二の太刀をふるわず一気に佐原の左手を走り抜けた。

「逃げるか！」

叫びざま、佐原は体をひねるようにして斬り込んだが、切っ先が浅野の肩先をかすめただけだった。

浅野は稲荷橋の方にむかって走った。

青山と鶴江も、対峙した敵に切り込み、敵がかわした一瞬の隙をとらえて走りだした。ふたりとも逃げるしか助かる手はないと察知したようだ。

だが、鶴江が身をのけ反らせて叫び声を上げた。後ろから追いすがった敵の切っ先をあびたのだ。

鶴江は、体勢をくずしながらも走った。その背後に、刀を振りかざしたふたりの男が迫っていく。

青山も、山崎の長刀の斬撃を肩先に受けた。だが、浅手らしく、わずかに体勢をくずしただけだった。青山は走るのをやめなかった。それに、足が速い。すこしずつ山崎との間がひろがりだした。

浅野は鉄砲洲稲荷の赤い鳥居の前を走りぬけ、八丁堀にかかる稲荷橋を渡った。すぐ後ろから青山が走ってくる。

「待て！」

佐原ともうひとりの武士が、青山の後ろから追ってきた。青山は佐原たちも追い越したらしい。

鶴江の姿はなかった。ふたりの武士に追いつかれて、足をとめたらしい。

山崎も青山を追うのをあきらめ、鶴江に切っ先をむけていた。

ギャッ！　という絶叫が、浅野の背後でひびいた。鶴江が斬られたらしい。だが、浅野は懸命に走った。鶴江を見捨てて逃げたくなかったが、足をとめれば浅野も青山も斬られる。ここで斃されては犬死にである。

青山も足をとめなかった。必死で走ってくる。

佐原たちは執拗だった。佐原ともうひとりの男は浅野たちを追うのを諦めなかった。抜き身を手にしたまま、浅野と青山を追ってくる。何としても、浅野たちを斬る気らしい。

浅野と青山が稲荷橋を渡り、亀島橋沿いの通りを二町ほど走ったとき、前方に人影が見えた。八丁堀の同心らしい。黄八丈の小袖を着流し、巻羽織と呼ばれる八丁堀ふうの格好をしていた。手先らしい男をふたり連れている。

「辻斬りだ！　後ろから追ってくる」

浅野が叫んだ。

年配の同心は驚いたような顔をして足をとめたが、浅野たちの後ろから抜き身を手にして追ってくる佐原たちの姿を目にすると、

「呼び子を吹け！」

と、連れていた手先に命じた。

ふたりの手先が、すぐに呼び子を吹いた。ピリピリ……と、甲高い呼び子の音が

辺りにひびいた。

その音を聞いて、佐原たちは足をとめた。この場で、町方とやりあうのを避けようとしたらしい。

「引け！」

佐原が声を上げて反転すると、もうひとりの男もきびすを返して走りだした。佐原たちふたりの姿が、夕闇のなかに遠ざかっていく。

「た、助かった……」

浅野は足をとめ、ハアハアと荒い息を吐いた。青山も足をとめ、苦しそうに肩で息している。

それから小半刻（三十分）ほど後、路傍に横たわった鶴江のまわりに、十人ほどの男が集まっていた。

隼人、天野、浅野、青山、それに、篠山三郎兵衛。篠山は、手先に呼び子を吹かせて浅野たちを助けた南町奉行所の高積見廻り同心だった。

高積見廻りは町々の通りや河岸などを巡回し、危険防止のために決められた制限より高く積んである物を取り締まる役である。

隼人たち五人の背後に、篠山の手先たち、庄助、天野の小者の与之助などの姿があった。

与之助が呼び子の音を耳にして現場に駆けつけ、すぐに取って返して天野に知らせたのだ。そして、天野が現場にむかう途中、隼人の家に立ち寄って同行したのである。

鶴江は路傍に俯せに倒れていた。ピクリとも動かない。絶命しているようだ。鶴江は背後から袈裟に深く斬られたらしく、肩から背にかけて着物がザックリと斬り裂かれ、どっぷりと血を吸っていた。

隼人はそばにいた篠山に、

「これは、われらがかかわっている事件らしい」

と、言った。引き取ってもらうつもりだった。篠山に、浅野たちとのやり取りを聞かせたくなかったのである。

「おぬしたちに、まかせよう」

篠山は、すぐに身を引いた。高積見廻りのかかわる事件ではないとみたようだ。

浅野が篠山が遠ざかるのを待ってから、

「襲ったのは、佐原たちだ。稲垣という使い役を尾けてきたのだが、四人もで、待ち伏せしていた」

と無念そうに言い、倒れている鶴江に目をやった。

青山は悲痛に顔をしかめていた。着物の肩先が裂け、血の色があったが、浅手らしい。出血もわずかである。

「襲ったのは、都合五人か」

隼人は、人数が多いと思った。

「そうだ、佐原、山崎、それに、稲垣がいたが、他のふたりは何者か分からない。ただ、室田の配下であることはまちがいないだろう」

「うむ……」

「それに、佐原たちも、おれたちを討つために動きを探っているようだ」

浅野の顔に懸念の色があった。

「迂闊に、歩きまわれないな」

隼人は何か手を打たねば、浅野や青山が先に討たれるのではないかと思った。

第四章　隠れ家

1

おたえが、羽織を手にして隼人の肩先にかけてくれた。隼人は羽織に腕を通しながら、何気なくおたえに目をやると、眉を寄せて気分の悪そうな顔をした。その表情はすぐに消えたが、何となく顔色が冴えない。

隼人は気になっていた。このところ、おたえの顔色がよくない。もともとふっくらした頬をしているのだが、何となく顔が浮腫(むく)んだように見える。それに、床に誘っても嫌がる素振りをするのだ。

「おたえ、どこか具合でも悪いのか」

隼人が羽織の紐(ひも)を結びながら訊いた。

「い、いえ、別に悪いところはありません」

おたえは困惑したような顔をして、目を伏せてしまった。

「それならいいんだが……。体の調子が悪かったら言うんだぞ」

隼人はいつになくやさしい声で言った。

「はい……」

おたえは顔を上げて隼人に何か言おうとしたが、思い直したのか、口をつぐんでしまった。

隼人がさらに訊こうとしたとき、廊下を歩く音がして障子があいた。顔を出したのは、母親のおつたである。

おつたは、皺が多く浅黒い肌をしていた。ちかごろ一段と皺が増え、梅干しのような顔をしている。

「隼人、出かけるのかい」

おつたが、隼人に声をかけた。めずらしいことである。隼人が座敷でおたえに手伝わせて出仕の仕度をしているとき、おつたは顔を出さなかったのだ。

おたえも、戸惑うような顔をしておつたに目をやった。

「そろそろ、五ツ（午前八時）になりますから——」

隼人がそう言って、廊下へ出ようとすると、おつたが、

「今朝は、あたしも見送ろうかね」

と言って、おたえといっしょに隼人の後に跟いてきた。

隼人は戸口でおたえから兼定を受け取り、腰に差して出ようとすると、どういうわけかおつたが戸口から出て、

「そこまで、出かける用があってね」

と、おたえにも聞こえる声で言った。そして、隼人といっしょに木戸門のそばまで出てきた。

戸口で待っていた庄助はおつたがいっしょに出て来たのを見ると、驚いたような顔をし、慌てて後ろに下がった。

おつたは、木戸門の前でいきなり隼人の袖をつかみ、

「隼人、おまえの耳に入れておきたいことがあるんだよ」

と、隼人の耳元でささやいた。

「なんです？」

隼人は、何事かと思った。おつたは、隼人に何か話すためにわざわざ家から出てきたらしい。それも、おたえには内緒のようだ。

「おたえのことですよ」

「おたえが、どうかしましたか」

「昨日ね、台所で夕餉の仕度をしているときに吐いたんだよ」

おたえが意味ありげな目で隼人を見た。

「やはり、具合が悪いんですか。ちかごろ、おたえの顔色が冴えないので、気になっていたんですよ」

「おまえ、まだ、気が付かないのかい」

おつたが、梅干しのような顔を隼人に近付けて言った。

「あたしは、悪阻とみたんだよ」

おたえが、心底を覗くような目で隼人を見た。

「つ、悪阻……」

「おたえは、身籠もったんだよ」

「身籠もった。……そうか！」

言われてみれば、思い当たることばかりだった。おたえは、身籠もったにちがいない。

「隼人、やっと、赤子の顔を見られるんだよ」

おつたが、急に皺だらけの顔にさらに深い皺を刻んで涙ぐんだ。顔がくしゃくしゃである。おつたの胸に喜びが衝き上げてきたらしい。

おつたは、隼人がおたえといっしょになってから、赤子はまだか、早く隼人の子を抱いてみたい、などと口にすることが多かった。ところが、このところ、おつたは、赤子のことはあまり言わなくなった。隼人とおたえがいっしょになって三年も経つのに、一向に身籠もる気配がないので諦めていたらしい。

「は、母上、やっと赤子の顔が見られますね」

隼人の声もうわずっていた。隼人も、子供が欲しかったのである。

「よかった、よかった」

おつたは、涙ぐんでいる。

「おたえのやつ……」

おたえは隼人に、身籠もったことを言えなかったようだ。恥ずかしさもあったのだろうが、まだ兆候なので、自分の口から言うのは気が引けたにちがいない。

「隼人、おたえに、無理をさせてはいけませんよ」

おつたが急に背筋を伸ばし、母親らしい物言いをした。

「母上も、おたえに無理をさせないでくださいよ」

「そうだね。ふたりで、おたえを大事にしないとね」

おつたが目を細めて言った。これまで、おつたの口から聞いたこともない、嫁を思いやる言葉だった。

隼人は、子供ができ、嫁と姑の仲がよくなれば言うことはない、と思った。隼人も相好をくずして木戸門をくぐった。

その日、隼人は南町奉行所に行かなかった。庄助を連れ、そのまま本所石原町の野上道場に足をむけた。

野上の手を借りて、何とか佐原と山崎を討ちとろうと思ったのである。それというのも、このままにしておいたら、先に浅野たちが斬殺されるかもしれないのだ。

隼人にしてみれば、深井の仲間である浅野たちが斬殺されるのを見たくなかった。それに、佐原たちは浅野たちを討ち取れば、江戸から逃走するか、国許に帰るか、いずれにしろ江戸にとどまることはないだろう。そうなると、佐原たちを捕らえることはできなくなる。野上も、深井と霧島の敵を討つことができなくなるだろう。

道場から、気合、竹刀を打ち合う音、床を踏む音などが聞こえてきた。門弟たちが、稽古をしているらしい。朝の稽古は終わったはずなので、何人かが残り稽古をしているのだろう。

「庄助、道場の戸口で待っていてくれ」

そう言い置いて、隼人は道場に入った。

数人の門弟が、稽古着姿で木刀を振っていた。素振りをしているらしい。稽古着が汗に濡れ、顔が汗でひかっている。おそらく、朝の稽古を負えた後、型稽古をし、それも終えて最後の素振りをしているのだろう。

門弟たちのなかに清国の姿があった。野上は師範座所の前に立ち、素振りに目をやっている。

2

「おお、長月」

野上が隼人を見て声を上げた。

隼人は師範座所の前にいる野上に近付き、

「野上どのに、話があって来ました」

と、小声で言った。稽古の邪魔をしないように声を落としたのである。

「どうだ、母屋で話すか」

「はい」

野上は、清国のそばに行き、何やら耳打ちしてから隼人を道場の裏手にある母屋に連れていった。

母屋の座敷に腰を落ち着けると、野上は、茶でも淹れさせようか、と訊いた。下働きに来ている下女に頼むらしい。

「いや、かまわないでください。それに、ゆっくりしていられませんので……」

隼人は急いでいるわけではなかったが、下女の手をわずらわせたくなかったし、喉も渇いていなかったのだ。

「で、話というのは」

野上が訊いた。

「三日前、鶴江どのが斬られました」

「死んだのか」

野上が驚いたような顔をした。

「はい」

隼人は、浅野から聞いた三日前の出来事をひととおり野上に話し、

「このままにしておけば、浅野どのや青山どのがあやういとみております」

と、言い添えた。

「浅野どのたちだけではあるまい。佐原たちは、番頭や手代も手にかけている。……長月や天野どのが、浅野どのたちに味方しているとみれば、町方でも容赦なく襲って

くるぞ」

野上が厳しい顔をして言った。

隼人は無言でうなずいた。野上の言うとおり、隼人や天野たちが襲われる恐れはあった。

「それで、何か手はあるのか」

野上が訊いた。

「佐原たちが使った手を逆手に取るつもりです」

「どういうことだ？」

「佐原たちは稲垣を囮にし、跡を尾けた浅野どのたちを待ち伏せしました。……今度は、浅野どのたちが囮になり、佐原たちが姿を見せるのを待って討つのです。これは、浅野どのたちとたてた策です」

隼人は野上に身を寄せ、一昨日、佐原たちと会って練った策を野上に話した。

「おもしろい」

野上が目をひからせて言った。

「それで、野上どのの手も貸してもらいたいのです」

佐原と山崎を討つには、野上の腕が必要だった。それに、野上には深井と霧島の敵を討ちたいという強い思いがあるので、手を貸してくれるはずだ。

「よかろう」

野上はすぐに承知した。野上の顔はいつになくけわしかった。野上も、佐原と山崎が強敵であることを知っている。ふたりの遣う払い竜と落し竜は、尋常な剣ではないのだ。

その日、陽が西の空にかたむいたころ、隼人と野上は鉄砲洲稲荷の境内に来ていた。そばに、大草と菊川敏蔵(きくかわとしぞう)という彦里藩士がいた。菊川も、目付で深井とともに室田の不正を探っていたひとりだという。

四人は、稲荷の鳥居の脇の松の樹陰に身をひそめていた。隼人たちが、八ツ半(午後三時)ごろから一刻(二時間)ちかく、この場に身を隠すようになって三日目である。

「来るかな、今日は」

野上が鳥居の間から、八丁堀沿いの通りに目をやりながら言った。

通りには、ぽつぽつと人影があった。船頭、風呂敷包みを背負った行商人らしい男、供連れの武士などが通りかかる。

「そろそろ来るころかと思いますが……」

隼人はそう答えたが、自信はなかった。

隼人たちは、この場で佐原たちを待ち伏せていたのだが、まだ、姿を見せなかった。もっとも、浅野と青山が西川源太夫(にしかわげんだゆう)という勘定方の藩士を連れて、この場を通る一刻ほどの間だけなので、それほど厄介なことではなかった。

西川は、これまでも目付筋の者といっしょに行徳河岸の益子屋で帳簿類を調べたことがあるという。

浅野と青山は、岸田屋と益子屋で帳簿類を改めてみるという名目で、西川を連れて深川今川町と行徳河岸に足を運んでいた。狙いは、佐原と山崎をおびき出すためだった。西川を同行したのは、室田にそれらしくみせるためである。

浅野たちは愛宕下の藩邸から東海道に出ると、京橋のたもとを右手におれ、鉄砲洲稲荷の前を通って八丁堀に出ていた。深川や行徳河岸につづく道筋で、稲垣が佐原たちとともに浅野たちを襲ったときも途中まで同じ道を使っていた。

「長月どの、利助たちが来ます」

大草が言った。

見ると、利助と綾次が八丁堀沿いの道を走ってくる。

隼人は、利助と綾次を連絡役に使うつもりで、この三日、藩邸を出る浅野たちに目を配らせていた。そして、浅野たちを尾ける武士がいたら、先回りして稲荷にいる隼人たちに知らせることになっていた。隼人は、町人である利助たちなら佐原たちが目にとめても不審を抱かせないとみたのだ。

利助と綾次は、二度稲荷に姿を見せていたので、大草とも顔見知りだった。

……佐原たちが、姿を見せたのかもしれん。

隼人は、利助たちが慌てた様子で走ってくる姿を見て、これまでとは様子がちがうとみてとった。

利助と綾次は隼人のそばに走り寄ると、

「だ、旦那、ふたり尾けていやす！」

利助が、喘ぎ声を上げながら言った。綾次も、荒い息を吐いている。かなりの距離を走ってきたらしい。

「武士か」

「へ、へい。ふたりとも、笠をかぶっていやした」

利助によると、浅野たちが藩邸の裏門から出ると、大名屋敷の築地塀の陰に隠れていたふたりの武士が、浅野たちの跡を尾け始めたという。ふたりは小袖にたっつけ袴で、網代笠をかぶっていたそうだ。

「佐原と山崎ではないかな」

大草が緊張した面持ちで言った。

「そのようだ」

隼人も、網代笠をかぶったふたりは佐原と山崎だろうと思った。

「ふたりだけか」

野上が腑に落ちないような顔をした。

「どこかで、仲間と合流するかもしれません」

隼人たちが、ここで待ち伏せしていることは知らないだろうが、それにしても浅野たちは三人である。いかに腕の立つ佐原と山崎であっても、ふたりで三人を襲うことはないはずだ。この近くで、佐原たちが待ち伏せていたときは、五人で浅野たち三人を襲ったのである。

「油断できんぞ」

野上が顔をひきしめて言った。

「いかさま」

下手をすると、佐原たちはさらに人数を増やしているかもしれない。

3

「来やした！」

鳥居の近くにいた利助が声を上げた。

見ると、八丁堀沿いの通りに、三人の武士の姿が見えた。浅野、青山、それに西川である。三人とも羽織袴姿で、二刀を帯びていた。江戸勤番の藩士を思わせる格好である。三人は、足早にこちらに歩いてくる。

「おい、浅野どのたちの後ろを見ろ」

野上が言った。

浅野たち三人の半町ほど後方に、網代笠をかぶったふたりの武士の姿が見えた。浅野たちを尾けているようである。

「佐原と山崎か」

隼人は、網代笠のふたりを見すえた。

……ちがうかもしれない！

と、隼人は思った。ふたりとも中背だった。山崎は長身のはずである。もうひとりも、がっちりした体軀ではなかった。

「佐原たちでは、ないぞ」

野上が言った。野上も気付いたようだ。

「でも、旦那、あのふたり、浅野さまたちが愛宕下のお屋敷を出たときから、ずっと尾けて来やしたぜ」

利助が当惑したような顔をして言った。

「浅野どのたちを尾けているのは、まちがいないようだ。……佐原たちは、どこかに身をひそめているのではないかな」

と、野上。

「そうかもしれません」

隼人も、佐原や山崎が尾行してくるとはかぎらないと思った。佐原たちは、別人の方が気付かれずに済むとみたのではあるまいか。

「どうするな？」

「われらも尾けて、佐原たちが姿をあらわすのを待ちますか」

隼人は、佐原たちがどこかに身をひそめているような気がした。

「そうしよう」

隼人たちは、浅野たちと後方のふたりをやり過ごし、後から尾けることにした。

浅野たち三人は稲荷の前で左手におれ、稲荷橋の方へ足をむけた。町方同心や与力の屋敷のある八丁堀にむかっていく。

尾けてきたふたりも、左手におれて稲荷橋を渡り始めた。

「浅野どのたちを尾けているのは、まちがいないようだ」

網代笠のふたりは、通りすがりの者ではない。浅野たちを尾行している、と隼人は確信した。

「尾けるぞ」

野上が樹陰から出た。

野上につづいて、隼人と利助たち、さらに大草と菊川がすこし間をとって稲荷の鳥居をくぐって通りに出た。隼人たちは、網代笠をかぶったふたりが振り返っても、不審を抱かないように間をとって尾けた。

「やつら、どこまで尾ける気ですかね」

利助が、隼人に言った。

「すぐに、襲う気配はないな」

網代笠をかぶったふたりの武士は、前を行く浅野たちとほぼ同じ間隔を保ったまま跡を尾けていく。

浅野たちは亀島河岸を北にむかい、霊岸島を経て永代橋のたもとに出た。深川へ渡る道筋である。浅野たちは、今川町の岸田屋へ向かうようだ。

……妙だな。

と、隼人は思った。

浅野たちを襲う気なら、これまでの道筋に適所があった。それに網代笠をかぶったふたりには、殺気だった雰囲気がなかった。ただ、跡を尾けていくだけである。ふたりの武士は、初めから浅野たちを襲う気などないのかもしれない。

ふたりの武士が永代橋を渡り始めたところで、隼人は足を速めて野上に追いつき、

「野上どの、前を行くふたりは浅野どのたちの跡を尾けているだけかもしれませんよ」

と、小声で言った。

「おれも、そんな気がする」

「浅野どのたちの跡を尾けて、行き先を確かめるだけではないですかね」

「いずれにしろ、ふたりは佐原たちの仲間だ」

野上が歩きながら言った。

「それは、まちがいありません」

「どうだ、ふたりを捕らえて話を聞いてみたら。このまま、見逃す手はないだろう」

「しかし……」

隼人は返答に窮した。網代笠のふたりの身分は分からないが、彦里藩士であることはまちがいない。町奉行所の同心である隼人が、大名の家臣を捕らえて吟味することはできないのだ。

野上は隼人が困惑しているのを見ると、

「長月、おれの道場へ連れて行こう」

と、すこし足を速めて言った。前を行くふたりが、橋を行き来する人の間にまぎれて見えにくくなったのだ。

「道場へ？」

隼人も足を速めた。

「そうだ、殺された門弟の敵を討つため、仲間を捕らえて敵の居場所を白状させるのだ。彦里藩も文句を言わないだろう」

野上は捕らえたふたりを道場へ連れていくつもりらしい。

「それならば——」

隼人は浅野たちも同意するだろうと思った。

浅野たちは永代橋を渡り、深川佐賀町に出た。橋のたもとを左手におれ、川沿いの道を川上にむかって歩いていく。

浅野たちを尾けているふたりも、川上にむかって歩きだした。やはり、浅野たちの行き先をつきとめる気らしい。

夕陽が、大川の対岸にひろがる日本橋の家並の先に沈みかけていた。大川の川面が淡い茜色（あかねいろ）に染まり、永代橋の彼方の江戸湊まで滔々（とうとう）と流れている。猪牙舟、屋根船、茶船などが行き交い、彼方の江戸湊の海原には、白い帆を張った大型の廻船が見えた。いつもの、夕暮れ時の大川の光景である。

大川沿いの道には、ちらほら人影があった。出職の職人、仕事を終えたぼてふり、風呂敷包みを背負った行商人などが、沈み始めた夕陽に急かされるように足早に通り過ぎていく。

「この辺りで仕掛けますか」

隼人が野上に言った。

「よし」

ふたりは走りだした。

4

隼人たちの後を利助と綾次が追ってきた。その後ろにいた大草と菊川は、いきなり走りだした隼人たちを見て、驚いたような顔をして足をとめたが、すぐに後を追い始めた。隼人たちが、網代笠をかぶったふたりを襲うとみたようだ。

「待て！　そこのふたり」

野上が走り寄りざま、網代笠をかぶったふたりの武士に声をかけた。

ふたりの武士は足をとめ、振り返って、

「おれたちのことか」

と、撫で肩の男が訊いた。もうひとりも、網代笠をかぶったまま顔を隼人たちにむけている。

「いかにも」

「何用だ」

撫で肩の男の声に、困惑と怒りのひびきがあった。尾行していることが、浅野たちに知られると思ったのかもしれない。

「そこもとらは、彦里藩の者だな」

隼人が訊いた。

そこへ、利助と綾次が駆け付け、すこし間をとったまま隼人の後ろに立った。

「うぬら何者だ」

撫で肩の男が、上ずった声で訊いた。

「おぬしらに殺された深井浅之助の縁（ゆかり）の者だ」

隼人が言うと、すかさず野上が、

「おれの名は、野上孫兵衛。深井は、おれの道場に通っていたと言えば、分かるだろう」

と、ふたりを睨むように見すえて言った。

「なに……」

撫で肩の男が息を呑んだ。

利助たちの後ろから走ってきた大草と菊川は、利助たちからさらに間をとって足をとめた。川岸に立って、隼人たちとふたりの武士のやり取りを聞いている。隼人たちが刀を抜かずにいるのを見て、ふたりの武士をここで斬らずに捕らえようとしていることが分かったようだ。

前方の浅野たちも足をとめて、こちらに顔をむけていた。隼人たちが、ふたりの武士とやり取りをしているのに気付いたようだ。

「笠を取れ！」

野上が強い口調で言った。

「おのれ！」

撫で肩の男が刀の柄に手をかけた。

と、野上がすばやい動きで刀を抜くと、撫で肩の男の喉元に切っ先をむけた。居合を思わせるような俊敏な抜刀だった。

すぐに、隼人も刀を抜き、もうひとりの武士の首筋に切っ先を突き付けた。

撫で肩の男は、刀の柄を握りしめたまま動きをとめた。体が小刻みに震えている。

「斬られたくなかったら、おれの言うとおりにしろ」

野上が、刀から手を離せ、と強い口調で言った。

ふたりの武士は、握っていた柄から手を離した。切っ先を突き付けられて、抵抗することもできないようだ。

「利助、ふたりに縄をかけろ」

隼人が言った。縄をかけて、野上道場まで連れていくのである。

「へい」

利助と綾次が、網代笠をかぶったふたりの武士の後ろにまわり、ひとりずつ両腕を後ろにとって細引で縛り上げた。

道場の床の上に燭台（しょくだい）が立てられ、男たちを照らし出していた。道場には、隼人、野上、大草、浅野、それに捕らえたふたりの武士の姿があった。他の藩士と利助たちは、それぞれの屋敷や塒（ねぐら）に帰っていた。

「まず、名を聞かせてもらうか」

野上が撫で肩の武士の首筋に切っ先を突き付けて訊いた。

大草と浅野は、捕らえたふたりの武士の背後にいた。とりあえず、野上と隼人に訊問をまかせる気のようだ。

「…………」

撫で肩の男は口をひき結び、答えようとしなかった。

「猿島（さしま）、おまえたちは、ここで野上どのに斬り殺されても文句は言えぬ身だぞ」

浅野が背後から言った。浅野は男が何者か知っているようだ。

「猿島伝兵衛（でんべえ）……」

撫で肩の男が小声で言った。

「おぬしは」

野上は切っ先をもうひとりの武士にむけて訊いた。

隼人は黙っていた。道場内でもあり、とりあえず野上にまかせるつもりだった。

「島村助次郎」

もうひとりの武士は、すぐに答えた。浅野と大草がいるので、隠しても意味はないと思ったようだ。

「役柄は？」

「使役だ」

「なぜ、浅野どのたちを尾けた」

野上が猿島に訊いた。

「お、おれたちは、尾けた覚えはない」

猿島が震えをおびた声で言った。燭台の灯に浮かび上がった顔がこわばっている。強い恐怖を覚えているようだ。

「猿島、言い逃れはできんぞ。愛宕下の藩邸を出たときから、おまえたちがずっと浅野どのたちを尾けていたのは、承知していたのだ」

「………！」

猿島が、不安そうな顔をして視線を落とした。

「なにゆえ、浅野どのを尾けたのだ」

野上が語気を強くして同じことを訊いた。

「おれたちは、室田さまの指図にしたがっただけだ」

猿島が小声で言うと、わきに座していた島村もうなずいた。どうやら、ふたりは室田の配下らしい。

「やはり、室田か」

浅野が顔に憎悪の色を浮かべて言った。

「室田は、浅野どのたちの跡を尾けろと命じたのか」

野上が念を押すように訊いた。

「そうだ」

「うむ……」

野上が口をつぐみ、道場内が沈黙につつまれたとき、

「室田は、跡を尾けて行き先をつきとめて、どうしろと言ったのだ」

と、隼人が訊いた。

「し、知らせるように、言われている」

猿島が声をつまらせて言った。

「だれに、知らせるのだ」

隼人が畳み込むように訊いた。

「き、北林どのに……」

「北林も、彦里藩の家臣か」

そう隼人が訊いたとき、

「北林は、佐原たちとわれらを襲ったひとりらしい」

と、浅野が口をはさんだ。

浅野によると、北林は八丁堀で浅野たちを襲った五人のなかのひとりだという。襲ったのは、佐原、山崎、稲垣の三人、それに北林平三郎と加藤新之助らしい。北林は先手組の小頭で、加藤は北林の配下だそうだ。

先手組は御留守居役の配下ではないが、北林と加藤は、室田に金で籠絡されたらしいという。

浅野たちは佐原たちに襲われた後、大目付の滝沢に襲われたときのことや、まだふたりの正体が知れないことなどを話した。そして、ふたりの顔付きや体軀などを口にすると、そのふたりは北林と加藤かもしれぬ、と滝沢が口にしたという。

「北林は、藩邸にいるのか」

　隼人が、浅野に訊いた。

「いや、北林は町宿に住んでいるはずだ。まだ、どこの町宿かは、つきとめていない」

　浅野が答えた。

「猿島、北林はどこに住んでいるのだ」

　隼人は猿島に顔をむけて訊いた。猿島なら知っているはずだ。

「木挽町（こびきちょう）……」

「三十間堀沿いか」

　木挽町は、京橋の南にのびる三十間堀沿いにつづいている、

「そうだ」

「木挽町のどこだ」

　木挽町は一丁目から七丁目まであり、木挽町だけではつきとめるのがむずかしい。

「新シ橋の近くだ」

「橋のたもと近くだな」

　隼人は、新シ橋付近で聞き込めばすぐにつきとめられるだろうと思った。

「ところで、猿島」

野上が声をかけた。

「佐原と山崎の隠れ家はどこだ」

「し、知らぬ。おれたちは佐原どのたちがどこに住んでいるのか、知らされていないのだ」

猿島がむきになって言った。

「では、どうやって佐原たちと連絡を取っているのだ」

「北林どのだ。……北林どのが、佐原どのたちとの繋(つな)ぎ役だ」

猿島によると、室田からの連絡も北林をとおしてやっているという。

隼人は、北林を捕らえて口を割らせれば、佐原たちの隠れ家が知れるのではないかと思った。

それから、浅野が猿島と島村に、室田の岸田屋と益子屋にかかわる不正について訊いたが、ふたりとも室田の使いで両店に行ったことは認めたが、他のことは知らないようだった。

訊問がひととおり終わったところで、

「このふたり、どうするな」

と、野上が訊いた。

「猿島と島村は、引き取らせてもらう」

浅野によると、今後、室田の不正をあきらかにするために、猿島と島村から口上書をとることになるので、生かしておきたいという。大目付と相談し、室田に知れないよう上屋敷でなく、中屋敷の長屋にしばらく監禁しておくそうだ。

5

猿島の口を割らせた翌日、隼人は利助と綾次を連れて木挽町に足を運んだ。北林の住居をつかむためである。

浅野は隼人に、自分たちも木挽町に行って、北林の住居を探す、と言ったが、隼人は遠慮してもらった。浅野たちが木挽町に出向いて探せば、すぐに北林の知るところとなり、姿を消すのではないかと思ったのだ。それに、こうした探索は町方の手先の方が確かである。

「新シ橋の近くですかい」

利助が新シ橋が近付いてきたところで訊いた。

「そのようだ」

「旦那が歩きまわるこたァねえ。橋のたもと近くで、待っててくだせえ。あっしと綾次とで、つきとめてきやすぜ」

　利助が得意そうな顔をして言った。

「待ってるのも退屈だ。おれも、探してみよう」

　八丁堀ふうの格好で来なかったので、橋のたもとに立っていても人目を引くようなことはないが、聞き込みにあたっていた方が気が楽である。

　隼人は半刻（一時間）ほどしたら、新シ橋のたもとにもどるように利助たちに話して、ひとりになった。

「ともかく、近くの店で訊いてみるか」

　隼人は通り沿いの店に目をやった。

　半町ほど先に、店先に酒林（さかばやし）をつるした酒屋があった。近付くと、升酒屋らしく店のなかで立ったまま飲んでいる船頭らしい男の姿が見えた。升酒屋は小売酒屋で、立呑みの酒も売っていた。

　隼人が店に入っていくと、一杯ひっかけた船頭らしい男が出てくるところだった。

　隼人は、その男に訊いてみようと思ったがやめた。棚に並んでいる薦樽（こもだる）のそばに、店の親爺らしい年配の男がいたからである。

「親爺、つかぬことを訊くが」

隼人は親爺に近付いた。八丁堀ふうの格好をしてこなかったので、彦里藩士を装って、話を聞くことにした。

「何でしょうか」

親爺が、不審そうな顔をした。隼人が、升酒屋には縁のなさそうな武士だったからであろう。

「この辺りに、借家はないかな」

「借家ですかい。……ありやすが」

「彦里藩の者が住んでいる借家だがな」

「お侍さまが、住んでるんですかい」

「そうだ」

「この先、二町ほど行ったところに、お侍さまが住んでいる借家があると聞いた覚えがありやすが」

親爺によると、川沿いの道に借家が三棟並んでいるという。そのうちの一棟に、武士が住んでいるとのことだった。

「住んでいる武士の名は分かるか」

「名までは、分からねえ」

親爺は首をひねった。

それから、隼人は念のために武士の顔付きや体軀なども訊いてみたが、親爺は首をひねるばかりだった。親爺は、その武士の後ろ姿を遠くから見かけたことがあるだけらしかった。

「手間をとらせたな」

隼人は、借家のそばで訊いた方が早いと思った。

三十間堀沿いの道を南にむかって一町ほど歩くと、借家らしい家屋が三棟並んで建っていた。どの家も古かったが、借家としては大きく台所の他に三部屋ほどありそうだった。

隼人が借家の前に歩きかけたとき、背後で足音がし、旦那、という利助の声が聞こえた。

振り返ると、利助と綾次が走ってくる。

「旦那も、北林の塒をつかんだんですかい」

利助が隼人に身を寄せて言った。

「おまえたちも聞き込んだのか」

「へい、手前の家が北林の塒らしいですぜ」

利助が声をひそめて言った。

「留守のようだな」

表の引き戸がしまっていた。北林は藩邸なり、佐原たちの隠れ家なりに出かけていまは家にいないだろう。

「それが、旦那、やつは独り暮らしじゃァねえようですぜ」

利助が目をひからせて言うと、

「お梅という情婦といっしょでさァ」

と、綾次が言い添えた。

「情婦だと。……妻女ではないのか」

隼人は、江戸勤番の藩士が妾をかこっているとは思えなかった。北林はそれほどの身分ではないはずだし、そもそも町宿に妾をかこうなど許されないのではあるまいか。

「一膳めし屋の親爺から聞いたんですがね。北林は、半年ほど前まで借家に独りで住んでたらしいんだが、近所のそば屋の小女を家に連れ込んで、いっしょに暮らしているらしいんでさァ」

利助によると、北林は一膳めし屋に飲みにくることがあり、親爺と顔見知りだそうである。

「情婦(いろ)といっしょか」

おそらく、藩には内緒でお梅を町宿に連れ込んで、いっしょに暮らしているのだろう。その金は、室田から出ているにちがいない。

「様子を見てみるか」

隼人は通行人を装って、家の前まで行ってみようと思った。

家の戸口の引き戸はしまったままだった。足音をたてないように、隼人は家の戸口に身を寄せた。利助と綾次も、足音を忍ばせて跟(つ)いてくる。

家のなかで足音が聞こえた。床を踏むような音である。足音は、戸口に近付いてくるようだった。

……まずい、出てくる！

隼人は、慌てて戸口から離れた。利助と綾次も、家の者が出てくると気付いたらしく、足を速めた。

隼人たち三人が戸口から離れ、二軒目の借家の前まで来たとき、背後で引き戸のあく音がした。家から、だれか出てきたようだ。

隼人はすこし歩調をゆるめ、振り返って見た。

縞柄の小袖に紺地の帯をしめた女だった。お梅らしい。横顔だったが、色白でふっくらした頬をしているのが見てとれた。まだ、十七、八のようだ。

……おたえに似ている！

と、隼人は思った。

そのとき、隼人の脳裏に、おたえの色白の顔と、すこしふくらんでいるように見えた腹部がよぎった。今朝出がけに、おたえの腹を見ると、腹から腰のあたりにかけてふっくらしているように感じられた。

おたえの腹のなかに、赤子がいるにちがいない、と隼人は思い、急に浮き立った気持ちになったのだ。

「旦那、何をニヤニヤしてるんです」

利助が振り返った隼人の顔を見て訊いた。

「い、いや、いい女だと思ってな」

隼人は口ごもった。

「旦那の顔が赤くなってらァ」

綾次が茶化すように言った。

6

「兄い、出て来やせんね」

綾次が、生欠伸をかみ殺しながら言った。

利助と綾次は、店仕舞いした古手屋の脇の八手の陰にいた。古手屋はつぶれたらしく、昼間から店はしまったままだった。

利助たちはその場に身をひそめて、斜向かいにある北林の住む借家に目をむけていた。斜向かいといっても、借家からは三十間ほど離れている。

七ツ（午後四時）ごろだった。陽は西の空にかたむいている。雲の多い日で、陽は時ともに雲のなかに入ったり出たりしていた。

利助たちが、この場に身をひそめて一刻半（三時間）ほどになる。この場に来る前、ふたりは借家の前を通り、北林がいることを確かめてあった。家のなかから、男と女の話し声が聞こえたのである。

「そのうち、出てくるさ」

陽が沈む前に、北林は家から出てくる、と隼人はみていた。昼間からずっと家にとどまっているとは、思えなかったのだ。

利助たちは、隼人から北林の跡を尾けて藩邸以外の行き先をつきとめてくれ、と指示されていた。隼人は北林が佐原たちの隠れ家に出向くとみていたのである。

「兄い、戸があいた」

綾次が声を殺して言った。

借家の戸があき、人影が出てきた。

「やつだ！」

姿を見せたのは、武士だった。羽織袴姿で二刀を帯びている。痩身で、すこし猫背だった。隼人から聞いていた北林の体軀である。

北林につづいてお梅も顔を出した。北林は、お梅に何やら声をかけると、三十間堀沿いの通りに出て、京橋の方へむかって歩きだした。お梅は戸口に立ったまま北林を見送っている。

お梅は北林の後ろ姿が遠ざかると、きびすを返して戸口から家に入った。北林を見送りに出てきたらしい。

「綾次、尾けるぜ」

「へい」

ふたりは八手の陰から通りに出ると、北林の跡を尾け始めた。

北林は、ときどき後ろを振り返って見た。尾行者を警戒しているのかもしれない。利助たちは、すこし距離をとって尾けた。尾行していることを気付かれないように用心したのである。

通りには、ぽつぽつ人影があった。ぼてふり、風呂敷包みを背負った行商人らしい男、供連れの武士などが通り過ぎていく。

陽は雲のなかに入っており、辺りは夕暮れ時のように薄暗かった。三十間堀の水面も、黒ずんで見えた。ときおり、荷を積んだ茶船が水面を分けながら通り過ぎていく。水押しの上げる白い水飛沫が、くっきりと目に映じた。

北林は、利助たちから一町ほど前を歩いていた。そして、新シ橋を渡り、そのまま西にむかって東海道に出た。

東海道を京橋の方へむかっていく。東海道は賑わっていた。様々な身分の老若男女が行き交っている。

「おい、すこし間をつめるぞ」

利助は足を速めた。綾次も利助と離れずに跟いていく。

行き交うひとが多くなり、離れていると見失う恐れがあった。それに、これだけ人通りが多いと、すぐ後ろにいても尾行されているとは思わないだろう。北林も、後ろを振り返らなくなった。

利助たちは北林から三十間ほどに間をつめて跡を尾けた。いっときすると、前方に京橋が見えてきた。人通りはさらに多くなった。

「兄い、やつはどこへ行く気ですかね」

綾次が訊いた。

「それを、つきとめるのが、おれたちの仕事だ」

利助は北林の背を見つめたまま言った。

北林は京橋のたもとまで来ると、左手にまがった。

利助たちは小走りになった。北林の姿が見えなくなったからだ。右手の通りまで来ると、前方に北林の背が見えた。北林は外濠の方にむかって足早に歩いていく。そこは京橋川沿いの道だった。東海道にくらべると、人通りはすくなくなったが、それでも絶え間なくひとが行き来している。

京橋川沿いには、町家がつづいていた。通行人は、職人や店者(たなもの)などが多かった。

前方に、京橋川にかかる中ノ橋が迫ってきた。この辺りは、南紺屋町である。

北林は中ノ橋の手前まで来ると、左手の路地に入った。そこは細い裏路地で、小店や表長屋などがつづいていた。人影はまばらで、ぼてふり、行商人、長屋の女房、子供などが目についた。

路地に入って一町ほど歩いたとき、北林は仕舞屋の前で足をとめた。小体な借家ふうの家屋である。

北林は家の前で路地の左右に目をやってから、戸口の引き戸をあけてなかへ入った。

「兄い、家に入りやしたぜ」

利助が声をひそめて言った。

「あれが、佐原たちの塒かもしれねえな」

北林は、佐原たちに何か知らせることがあって足を運んできたのではあるまいか。

「どうしやす」

「家に近付いてみよう」

路地には、ちらほら人影があった。通行人を装って、家の前を通り過ぎることはできるだろう。

利助と綾次は家の近くまで行くと、足音を忍ばせて戸口に近付いた。

引き戸の向こうから、男の話し声が聞こえた。くぐもった声なので、話の内容までは聞き取れなかったが、男がふたりで話していることは分かった。

利助たちは引き戸の前で足をとめなかった。通行人がいるので、家の前に立っていたら不審に思われるだろう。

半町ほど通り過ぎたところで、利助たちは路傍に足をとめた。

「兄い、どうしやす」

綾次が訊いた。

「あの家が、佐原と山崎の塒かどうか探るんだ」

利助たちは、路地沿いの店屋に何軒か立ち寄って、北林が入った家の住人のことを訊いてみた。

三軒目に、立ち寄った八百屋の親爺が知っていた。

「あの家は、借家でな。二月（ふたつき）ほど前から、お侍がふたり住んでるぜ」

初老の親爺が、細い目をしょぼしょぼさせながら言った。

「名は分かるかい」

利助が意気込んで訊いた。

「名は知らねえなァ」

「ふたりを見たことがあるのかい」

「ああ、何度も見たよ。店の前を通るからな」

「ひとりは背が高く、もうひとりはがっちりした体じゃアねえのか」

「そのふたりだよ」

「とっつァん、ありがとよ」

利助と綾次は、すぐに八百屋から出た。佐原と山崎に、まちがいないとみたのである。

利助たちは八百屋を出た足で、八丁堀にむかった。すこし遅いが、隼人に佐原たちの塒が分かったことを知らせるのである。

利助たちから話を訊いた隼人は、

「でかした」

と、声を大きくして言った。

やっと、佐原と山崎の塒をつかんだのである。

「旦那、どうしやす」

利助が訊いた。

「ともかく、浅野どのたちに話してからだ」

それに、野上にも話さなければならない、と隼人は思った。隼人が勝手に捕方を出して、ふたりを捕縛することはできなかった。

第五章　ふたりの秘剣

1

「ふたりの隠れ家が知れたか」

浅野が声を大きくして言った。

そこは、本所石原町の大川端にある笹川屋(ささがわや)という料理屋だった。野上道場の近くである。笹川屋の二階の座敷に、隼人、野上、浅野、青山、大草の姿があった。隼人は利助から佐原たちの塒が知れたことを聞くと、翌朝、利助たちとともに南紺屋町に出かけ、佐原たちの塒を自分の目で確かめてから、野上道場に足を運んだ。

野上は隼人から話を聞くと、

「すぐにも、ふたりを討ちたいが、浅野どのたちの考えも聞かねばなるまい」

と言って、大草を通して浅野たちに連絡し、笹川屋で会うことにしたのだ。

「南紺屋町の借家に身をひそめている」

隼人は浅野たちに、手先が北林の跡を尾けて佐原たちの隠れ家をつきとめたことをかいつまんで話した。

「すると、北林の町宿も知れたのだな」

浅野が隼人に訊いた。

「北林は木挽町に住んでいると分かっていたので、すぐに知れたよ」

「さすが、町方同心だ。われらの及ぶところではない」

浅野が感心したように言うと、青山と大草もうなずいた。

「それで、どうするな。佐原と山崎を斬るなら、おれにやらせてもらいたいが」

野上が、深井と霧島の敵を討ってやりたい、と言い添えた。

「うむ……」

浅野は思案するように虚空に視線をとめていたが、

「佐原と山崎は、長月どのに隠れ家をつかまれたことを気付いているのか」

と、隼人に訊いた。

「いや、気付いてないはずだ」

「北林は？」

「北林も気付いてないだろう」

「ご家老に許しを得てからだが、先に北林を捕らえたい。北林なら、室田の悪事だけでなく、国許で室田とかかわっていた者も知っているはずだ」

浅野が口にした家老は、江戸家老の茂木（もてぎ）惣兵衛（そうべえ）である。浅野が大目付の滝沢に知らせ、滝沢から茂木に話がいくだろう。浅野たちは討っ手として佐原たちを討つと同時に、目付として室田の悪事をあばく使命もあるのだ。

「おれは、かまわんが」

隼人が言うと、野上もうなずいた。

「北林は、われらの手で捕らえよう」

浅野が言った。

「ひとつ、懸念がある」

隼人は、北林がお梅という妾といっしょに住んでいることを話した。

「なに、北林は妾をかこっているのか」

浅野があきれたような顔をした。

「お梅をどうする？」

隼人は、お梅がおたえと似ていることを思い出し、斬り殺すのはかわいそうな気がした。お梅には何の罪もないのである。

「女はどうでもいいが、そのままというわけにはいくまいな」

浅野が苦慮するように言った。

「木挽町と南紺屋町はそれほど遠くはない。そのままにすれば、お梅という女が北林が捕らえられたことを佐原たちに話すかもしれんぞ」

野上が口をはさんだ。

「お梅もいっしょに捕らえますか」

大草が言った。

「そうだな。中屋敷にしばらく監禁しておくか。ほとぼりが冷めたころ、帰してやればいい。それに、お梅からも、北林や佐原たちのことが聞けるかもしれん」

「それがいい」

隼人は、何か罪状をつけて大番屋の仮牢に入れておいてもいいと思ったが、それもかわいそうである。

それから、隼人たちは飲みながら北林を捕らえる手筈を相談し、そばで腹ごしらえをしてから笹川屋を出た。

翌日、隼人は陽が沈むころ八丁堀の組屋敷を出た。これから、木挽町へ行くつもりだった。すでに、利助と綾次は木挽町に出かけ、北林の住居を見張っていた。北林が住居にいなければ、利助たちが八丁堀に知らせに来ることになっていたので、北林はいるとみていい。

隼人は羽織姿で二刀を帯び、御家人ふうの格好をしていた。彦里藩士を捕縛するので、町方同心と知られたくなかったのである。

隼人は八丁堀沿いの道を西にむかい、中ノ橋を渡って南八丁堀に出た。さらに、八丁堀沿いを歩き、三十間堀にかかる真福寺橋のたもとまで来ると、綾次の姿が見えた。隼人を待っていたようである。

「綾次、北林はいるか」

すぐに、隼人が訊いた。

「いやす」

「利助は？」

「兄いは、やつの塒を見張っていやす」

「そうか。ところで、彦里藩の者も来ているのか」

昨日、隼人は浅野に北林の住む借家のある場所を話しておいた。浅野は昨日のうちに、北林の住居を確かめたはずである。

「お侍がふたり、柳の陰から北林の塒を見張っていやした」

綾次によると、ふたりの武士は借家から半町ほども離れた堀際の柳の陰にいたという。北林に気付かれないように遠方から見張っているのだろう。

「ともかく、行ってみよう」

隼人は綾次を連れて三十間堀沿いの道を南にむかった。

新シ橋のたもとを過ぎて間もなく、

「旦那、こっちで」

と、綾次が言って、古手屋の脇に隼人を連れていった。

八手の陰に、利助がいた。そこから、北林の住む借家を見張っていたようだ。

「利助、北林は家にいるな」

隼人が念を押すように訊いた。

「へい、北林と情婦（いろ）が家にいやす」

利助によると、半刻（一時間）ほど前、借家の戸口に近寄り、ふたりの話し声を聞いたという。

「浅野どのたちは？」

近くに浅野たちも来ているはずである。

「この先の柳の陰にいるようで」

利助が南の方を指差した。半町ほど先の柳の樹陰に、何人かの人影が見えた。浅野たちであろう。はっきりしないが、数人いるらしい。

利助によると、浅野たちは猪牙舟で来たという。舟は三十間堀の近くの桟橋につないであるそうだ。浅野たちは、捕らえた北林とお梅を舟で中屋敷まで連れていくつもりなのだろう。

彦里藩の中屋敷は、増上寺の南にあるそうだ。大川から新堀川を遡れば、中屋敷の近くに出られると隼人は浅野から聞いていた。

「そろそろだな」

隼人が西の空に目をやって言った。

陽は家並の向こうに沈み、西の空は茜色に染まっていた。まだ、上空には青さが残っていたが、樹陰や家の軒下などには淡い夕闇が忍び寄っている。そろそろ、暮れ六ツ（午後六時）の鐘が鳴るだろう。

2

隼人は浅野たちとともに、北林の住む借家の近くまで来ていた。浅野の他に、青山、大草、それに菊川の姿もある。

「おれと青山が、表から踏み込む。念のため、大草と菊川は裏手をかためてくれ」

浅野が青山たち三人に目をやって言った。

「承知」

青山が言うと、大草と菊川もうなずいた。

「おれも、手を貸そう」

隼人は、浅野たちにまかせるつもりだったが、何かあれば助太刀するつもりで来ていたのだ。

利助と綾次は、まだ古手屋の脇にいた。浅野たちが家に踏み込んだ後、佐原たちが来るようなことがあれば、隼人に知らせる手筈になっていた。それに、北林が逃走すれば、利助たちが跡を尾けて行き先をつきとめるはずである。

「かたじけない」

浅野が言った。

そのとき、暮れ六ツの鐘が鳴った。すると、あちこちから表戸をしめる音が聞こえてきた。暮れ六ツの鐘を合図に店仕舞いする店が多いのである。

通りの人影も、ほとんどみられなくなった。ときおり、遅くまで仕事をしたらしい職人や一杯ひっかけた大工などが、通りかかるだけである。北林が抵抗し、家のなかで斬り合うようなことになっても、大騒ぎにはならないだろう。

「行くぞ」

浅野が男たちに声をかけ、樹陰から出た。青山、大草、菊川がつづき、隼人はしんがりについた。

北林の住む家の戸口から淡い灯が洩れていた。戸口に近付くと、大草と菊川が家の脇を通って裏手にまわった。

家のなかから障子をあける音と女の細い声が聞こえた。つづいて、男のくぐもった声がした。お梅と北林であろう。

浅野が戸口の引き戸に手をかけた。戸締まりはしてなかったらしく、戸は簡単にあいた。土間の先に狭い板間があり、その先が座敷になっているらしい。障子がたててあり、かすかに灯の色があった。

浅野が刀を抜いて峰に返した。北林が抵抗したら峰打ちにするつもりらしい。青山も抜刀して峰に返した。

障子の向こうにひとのいる気配がした。ただ、物音も話し声も聞こえなかった。北林が表戸をあける音を聞き取り、だれか入ってきたことに気付いたのかもしれない。

「だれだ！」

ふいに、障子の向こうで男の声がした。

ひとの立ち上がる気配がし、衣擦れの音が聞こえた。

「踏み込むぞ」

浅野が小声で言い、板間に踏み込んだ。青山がつづく。

隼人は土間に立っていた。兼定を抜き、浅野たちと同じように峰に返した。

ガラッ、と浅野が障子をあけた。

座敷のなかほどに北林が立っていた。手に大刀を引っ提げている。咄嗟に、そばに置いてあった刀を手にして立ち上がったのだろう。

女は座敷に座ったまま身を硬直させ、恐怖でひき攣ったような顔をしていた。お梅である。お梅の膝先に、膳が置いてあった。銚子もある。ふたりで、酒を飲んでいたのかもしれない。

「北林、おとなしくわれらにしたがえ」

浅野が強い口調で言った。

「おのれ！」

北林が目をつり上げて叫んだ。怒りに身を震わせている。

すると、お梅が北林の方に這いながら、

「お、おまえさん！　助けて」

と、喉のつまったような声を上げた。

「お梅、勝手に逃げろ！」

北林はお梅を足で押し退けるようにして前に出ると、手にした刀を抜き放った。激昂しているらしく刀身が小刻みに震え、座敷の隅にある行灯の灯を反射て、にぶい橙色にひかっている。

ヒイイッ！

お梅が喉の裂けるような悲鳴を上げ、右手の隅に這って逃げた。着物の裾が乱れ、太腿まで露になっている。

「北林、歯向かうか！」

浅野は刀を峰に返したまま低い八相に構えた。腰が据わり、隙がなかった。

青山は浅野が刀をふるえるだけ間をとり、切っ先を北林にむけた。青山の構えにも隙がなかった。

浅野と青山は遣い手である。土間にいた隼人は浅野と青山の構えを目にし、北林に後れをとるようなことはないとみた。

そのとき、隼人は座敷の隅に逃れたお梅が、土間の方へ這ってくるのを目の端にとらえた。浅野と北林がやり合っている隙に、表に飛びだそうとしているようだ。

隼人はお梅を取り押さえようと思った。座敷から板間に出れば、青山に気付かれて峰打ちを喰らうかもしれない。

北林は刀を振り上げると、

「そこをどけ！」

と怒声を上げ、浅野に迫ってきた。

ふいに、北林が甲走った気合を発し、浅野に斬り込んだ。

ヤアアッ！

踏み込みざま真っ向へ。腰が引け、腕だけ伸びていた。鋭さのない斬撃である。

すかさず、浅野は右手に一歩踏み込みながら刀身を横に払った。

峰に返した刀身が、北林の腹に食い込んだ。

皮肉を打つにぶい音がひびき、北林の上半身が折れたように前にかしいだ。浅野の峰打ちが、北林の腹を強打したのだ。

ググッ、と北林は蟇（ひき）の鳴き声のような低い呻き声を上げ、左手で腹を押さえてうずくまった。

「青山、北林に縄をかけろ！」

浅野が切っ先を北林の首筋に突き付けて言った。

「はい」

青山は納刀し、懐から細引を取り出すと、北林の両腕を後ろに取って縛り上げた。

お梅が顔をひき攣らせ、両手を前に突き出すようにして板間から土間へ逃げてきた。両襟がはだけて、白い乳房が覗いている。

隼人はお梅の前にまわり込み、

「お梅、逃げられぬぞ」

と、切っ先を顔の前に突き付けて言った。

ヒッ、とお梅は細い悲鳴を上げ、その場にへたり込んでしまった。目をつり上げ、身を激しく顫わせている。

「お梅、安心しな。おまえを殺すようなことはしねえよ」

隼人は伝法だが、おだやかな声で言った。どうも、おたえとお梅を重ねて見てから乱暴なことができないのだ。

「……………」

お梅が隼人の物言いに驚いたような顔をした。

「着物の襟を合わせな。風邪をひくぜ」

隼人が小声で言った。

お梅は、慌ててひろがった襟を合わせた。隼人を見上げた目に、すがるような色が浮いている。

3

座敷の行灯の灯が、隼人たちの顔を横からぼんやりと照らしていた。座敷には、隼人、浅野、青山、裏手にまわった大草と菊川、それに後ろ手に縛られた北林とお梅の姿があった。お梅は男たちから離れ、座敷の隅にへたり込んでいる。

隼人は、北林とお梅を中屋敷に連れて行く前に訊いておきたいことがあり、

「おれも、北林に訊きたいことがあるのだがな」

と、浅野に言うと、

「かまわん。ここで、訊いてくれ」

浅野は、すぐに承知した。

「北林、おまえたちのために、罪のない者が何人も死んでいる」

隼人が北林を見すえて切り出した。隼人の顔が豹変していた。闇のなかで横から行灯の灯に照らされて半顔が浮かび上がり、隻眼だけ赤くひかっている。やり手の八丁堀同心らしい凄(すご)みがある。

「……………!」

北林は顔を苦痛にゆがめ、身を小刻みに震わせていた。興奮と腹を強打された痛みのせいであろう。

「おれは、彦里藩のことは訊かぬ。……まず、深井といっしょに殺された霧島のことだ。なぜ、霧島まで手にかけたのだ」

霧島は巻き添えを食ったらしかったが、腑に落ちないこともあった。深井の命を狙うなら、深井がひとりになったときに襲えばいいのである。

「お、おれは、何のかかわりもない」

北林が震えを帯びた声で言った。

「おぬしが、手を下さなかったことは分かっている。襲ったのは、佐原と山崎だからな」

「ならば、おれに訊くことはあるまい」

「おぬしは、知っているはずだ」

北林は佐原たちとの連絡役になっていた。当然、北林は佐原たちから深井たちを斬ったときの様子を聞いているはずである。

「………」

北林は顔をゆがめたまま口をつぐんだ。

「おれは町方だ。おぬしに、手出しするつもりはない。……ただ、このままでは霧島が成仏できないのだ。なにゆえ、霧島は殺されたのか。それだけでも、訊いておきたい」

隼人が低い声で言った。

「………」

北林の顔に逡巡するような表情が浮いた。己にかかわりがないことなら、話してもいいと思ったのかもしれない。

「佐原たちは、野上道場に恨みでもあったのか」

隼人が声をあらためて訊いた。

「恨みなどない……」

「では、なにゆえ霧島を斬った」

「深井を狙ったことを隠すためではないのか」

北林は他人事のような物言いをした。自分とは、かかわりのないことだと主張したいのだろう。

「辻斬りの仕業と見せるためか」

さらに、隼人が訊いた。

「そのようだ。辻斬りを装ったのは、だれが斬ったか隠すためらしい。……いずれ知れようが、しばらくの間、隠しておける。それに、佐原どのと山崎どのは腕がたつ。相手がふたりでも斬れる、と踏んだのだろう」

「やはりそうか」

佐原と山崎は、剣客であると同時に根っからの刺客なのだ。ひとを斬殺することに、何の痛痒も感じないようだ。

「ところで、岸田屋の番頭の富蔵と手代の吉之助だが、なにゆえふたりを殺したのだ。相手は町人だぞ」

隼人が訊いた。番頭と手代の場合も、佐原たちは辻斬りの仕業を装っていたが、ふたりを始末する理由があるはずである。

「岸田屋のことは、分からない」

北林が小声で言って、視線を膝先に落とした。

「いや、おぬしは知っているはずだ」

「……………」

北林は身を硬くしたまま視線を上げなかった。

すると、隼人の脇に立っていた浅野が、

「番頭の口封じのためではないのか」

と、語気を強くして言った。

「……分かっているなら、おれに訊くことはあるまい」

北林が浅野に顔をむけて言った。苦悶と憎悪の入り混じったような顔をしている。

「どういうことだ」

隼人は浅野に訊いた。

「はっきりしたことは分からないが、中屋敷の普請のおり、岸田屋で実際の取引きにあたったのは番頭の富蔵なのだ。その際、室田との間で不正があったとみている。それが、露見しないように、富蔵の口を封じたのではあるまいか」

浅野たち目付筋は、室田と岸田屋のかかわりを探ったようだ。

「すると、手代の吉之助を殺したのは、富蔵を狙ったことを隠すためでもあったのだな」

「われらは、そうみている」

「霧島どのを斬ったのと同じ手か」

どうやら、佐原たちが狙ったのは富蔵だけで吉之助は巻き添えを喰ったらしい。

「益子屋は？」

隼人が訊いた。

「岸田屋と同じではないかな」

「やはり、室田と番頭との間で不正があったのだな」

「番頭の繁造が不正にかかわっていたかどうかは分からないが、すくなくとも、繁造は室田が益子屋に払った金の一部を着服していたことは知っていたとみている」

「その繁造の口を封じたわけだな」

「いかさま」

「そういうことか」

隼人は、佐原たちが岸田屋と益子屋の番頭を辻斬りの仕業とみせて斬殺した理由が分かった。室田の悪事が、露見しないようにふたりの口を封じたようだ。当然、室田から佐原たちに指示があったのだろう。その指示を伝えていたのが、北林らしい。

……これで、事件の筋がみえた。

と、隼人は思った。

「浅野どの、おれの吟味は終わった。北林を連れていってくれ」

隼人は北林の前から離れた。

そのとき、お梅が不安そうな目で隼人を見たので、そばに近付き、

「お梅、今日のところは北林たちといっしょに行きな。なに、すぐに帰れる」

と、小声で言った。

4

北林を捕らえた二日後、隼人は野上道場に足をむけた。昨日、隼人は浅野と会い、佐原と山崎を討つことを決めていたが、その討っ手に野上もくわわってもらうつもりだった。

野上は深井と霧島の敵を討ちたいと願っていたし、胸の内にはひとりの剣客として佐原たちの遣う霞竜の二太刀、払い竜、落し竜と勝負したいという強い思いがあるはずだ。

七ツ(午後四時)ごろだった。夕暮れ前の静かな時である。

道場から、稽古の音は聞こえなかった。隼人は午後の稽古が終わったころを見計ら

って来たのだ。

野上は道場ではなく、母屋にいた。すでに稽古着を着替え、小袖に角帯だけのくつろいだ姿だった。

「隼人、座敷で話すか」

野上が訊いた。

「いえ、道場で話したいのですが」

隼人は、佐原たちの遣う払い竜と落し竜にそなえ、もう一度野上と木刀をふるってみたかったのだ。

「分かった。道場へ行こう」

野上は隼人の胸の内を察したのか、すぐに下駄をつっかけて道場にまわった。

道場内は静寂につつまれていたが、まだ稽古の後の男たちの汗の臭いや温気（うんき）が残っていた。

隼人と野上は、師範座所に腰を下ろした。

「明日、佐原と山崎を討つことになりました」

隼人は、北林を捕らえたことや佐原たちの隠れ家をいまも浅野たちが見張っていることなどを話し、

「それで、野上どのにも手を貸してもらいたいのです」

と、言い添えた。

「むろん、おれも行く」

「相手は佐原と山崎です。討っ手は、浅野どの、青山どの、それに大草どのと菊川どのもくわわるようです。むろん、それがしも行きます」

隼人は、浅野たちに助太刀するつもりでいた。

「おれをくわえて、六人か」

「ですが、大草どのと菊川どのは、闘いにくわわらないはずです」

隼人は、浅野から大草と菊川は見張り役だと聞いていた。

「いずれにしろ、討っ手としては十分な人数だな」

「………」

「おれに、佐原を斬らせてもらいたいのだがな」

野上が厳しい顔をして言った。

「そのことは、浅野どのも承知しているはずです」

浅野たちも、野上に佐原を討ってもらえればありがたいだろう。佐原と山崎は霞竜を遣う手練で、浅野たちだけでふたりを討つのはむずかしいはずだ。

「それで、山崎はだれが討つな」

野上が訊いた。

「浅野どのと青山どのが討つことになりますが、それがしも闘いの様子をみて助太刀するつもりです」

隼人は、浅野と青山のふたりでかかれば山崎を討てるとみていた。だが、真剣での闘いはどうなるか分からない。様子をみて、隼人も浅野たちに助勢することになるかもしれない。

同じことが、野上にも言えた。野上は直心影流の達人だが、佐原の遣う払い竜の太刀は真剣勝負に威力を発揮する秘剣といっていい。野上といえども、必ず勝てるとは言いきれないのだ。闘いの様子をみて、隼人は野上の助太刀にまわるかもしれない。

「うむ……」

野上が顔をひきしめてうなずいた。

「野上どの、落し竜と払い竜を破る工夫をしたいのですが」

隼人が言った。立ち合いを明日にひかえて、いまさら破る工夫をしても遅いが、相手の構えや太刀筋に慣れておくだけでも、実戦の場で役に立つはずである。

「よかろう」

野上が、立ち上がった。

ふたりは、薄暗い道場のなかで木刀を手にして向かい合った。野上は通常の木刀を手にし、隼人は小太刀を持った。

ふたりの間合は、およそ四間。遠間である。実際の立ち合い時は、足場、相手の刀の長さ、身装(みなり)などを見てから仕掛けることになるので、いまも遠間にとったのだ。

一瞬の動きが勝負を決する真剣勝負は、足場に大きく影響される。それに、払い竜は小刀を遣い、落し竜は長刀を遣ってくる。どうしても、敵の刀の長さを見てから、間合を読まねばならないのだ。

「長月、まず、払い竜を遣ってみてくれ」

野上が言った。佐原との立ち合いを想定しているようだ。

「承知」

隼人は、そのつもりで小太刀を手にしていた。

隼人はすこし間合をつめ、三間半ほどにした。立ち合い間合に踏み込んだのだ。

隼人は右足を前に出し、小太刀を握った右手の肘をすこし曲げて切っ先を高くとった。小太刀の構えである。

対する野上は、青眼に構えた。腰の据わった見事な構えである。隼人の目線につけられた切っ先は、生きているような鋭さと威圧感があり、野上の体が遠ざかったように見えた。剣尖の威圧で、間合が遠く感じられるのだ。

「まいります」

隼人が間合をつめ始めた。

「おお！」

野上は切っ先を隼人の目線につけたまま微動だにしなかった。

ふいに、隼人が寄り身をとめた。大刀の斬撃の間境である。

隼人は浅野が払い竜を遣ったとき、この間合から仕掛けたのを覚えていた。ここからの太刀捌きも頭に入っている。隼人は全身に気勢をみなぎらせ、斬撃の気配を見せた。気攻めである。

フッ、と隼人は小太刀の切っ先を下げ、面をあけた。誘いだった。

刹那、野上の全身に斬撃の気がはしった。

タアッ！

鋭い気合を発し、野上が打ち込んできた。

木刀を振り上げざま真っ向へ。迅雷の打ち込みである。

間髪をいれず、隼人が小太刀を逆袈裟に撥ね上げて、野上の打ち込みを受けた。木刀のはじき合うにぶい音がし、野上の打ち込みが流れた。

だが、その瞬間、隼人の腰がくずれ、後ろによろめいた。野上の面への打ち込みが激しく、隼人が小太刀で受けた瞬間、強く押されたのだ。

体勢をくずした隼人は、横一文字に払う払い竜の二の太刀がふるえなかった。

トオッ！

野上がさらに踏み込み、後ろによろめいた隼人の面に打ち込んだ。一瞬の太刀捌きである。

ピタリ、と野上の木刀が、隼人の頭上でとまった。寸止め（すんど）である。野上は手の内を絞って、木刀をとめたのだ。

「さすが、野上どの！」

隼人が驚嘆の声を上げた。

「いや、長月は慣れない小太刀を遣ったのだ。それに、腰がくずれなかったら、おれが払い竜の二の太刀をあびていたかもしれん」

野上が、「おそらく、佐原は敵の斬撃を受けずに受け流すだろう」とつぶやくような声で言った。

隼人にも、野上の言ったことがすぐに分かった。小太刀は片手だった。敵の大刀を遣っての真っ向への斬撃を、小太刀でまともに受ければ押されて当然である。

「いま、一手！」

隼人が声を上げた。

ふたりは、ふたたび三間半ほどの間合をとって対峙した。

隼人は間合を寄せると、真っ向へ打ち込んできた野上の木刀を受け流し、二の太刀を横一文字にふるった。

だが、野上はその太刀筋を読んでいて、右手に跳びざま胴を払った。神速の太刀捌きである。むろん、野上は寸止めをし、木刀で隼人を打つことはなかった。

それから、ふたりは交互に小太刀を握り、佐原の遣う払い竜と立ち合った。半刻（一時間）ほどすると、

「次は、落し竜を遣ってみるか」

野上が言って、小太刀を長めの木刀に変えた。

ふたりは、さらに半刻（一時間）ほど、落し竜と対戦してから木刀を下ろした。払い竜と落し竜を破る工夫をしたのではなく、間合や太刀捌きを頭と体に覚えさせたのだ。

「後は、やってみるしかないな」

野上が流れ落ちる顔の汗を手の甲で拭いながら言った。

5

「旦那さま、今夜も遅いのですか」

おたえが、戸口で隼人に兼定を渡しながら切なそうな声で言った。

このところ、隼人は午後から夜にかけて出かけることが多かった。朝帰りのときもある。隠密同心は事件の探索のために変装して夜中に出かけることもあったので、おたえはそれほど心配はしていなかったが、やはり隼人がいない夜は寂しいのだろう。それに、お腹の赤子のことで不安になるのかもしれない。

「そうだな、そう遅くならずに帰るが……。それに、此度(こたび)の件は今夜でけりがつくかもしれん。そうなれば、明日から遅くに出かけることはなくなるはずだ」

隼人が、おたえを元気づけるように言った。

これから、隼人は佐原と山崎を討ちに南紺屋町へ行くつもりだった。

「それならいいんですけど……」

おたえの声には、力がなかった。

おたえの色白の顔が、すこしやつれたように見えた。あらためておたえの体に目をやると、腹がすこし膨れているようである。おたえは、まだ隼人に身籠もったことを口にしていないが、まちがいないようだ。

「おたえ、無理をするな。おれの帰りを待たずに、先に休むのだぞ」

隼人はいつになく優しい言葉をかけて、戸口から出た。

ふだんの出仕のおりには、戸口で待っている庄助の姿がなかった。庄助には出かけることを伝えてなかったし、すでに七ツ（午後四時）を過ぎている。

隼人はひとりで木戸門に向かいながら、

……おれも、死ねないな。

と、胸の内でつぶやいた。

おたえが泣くだろう。お腹の子も流産するかもしれない。それに、おれも赤子の顔を見ずに死にたくはない。

隼人は佐原たちとの真剣勝負に向かっていることを思い、急に恐怖が胸に衝き上げてきた。体がかすかに顫えている。

……だが、やらねばならない。

隼人は胸の内でつぶやいた。ここにきて、逃げることはできなかった。何としても、佐原たちを斃さねばならない。

木戸門を出たところに、利助と綾次が立っていた。ふたりは隼人の姿を見ると足早に近寄ってきて、

「旦那、お供しやすぜ」

と、利助が声を上げた。綾次も、けわしい顔を隼人にむけている。

「ふたりとも、来たのか」

隼人は、利助と綾次に来なくていいと言ってあった。捕物ではなく、佐原たちとの立ち合いになるので、利助たちの出番はなかったのである。

「へい、佐原たちがどうなるか、あっしも見ておきてえんで」

利助が言うと、綾次が、

「旦那、あっしも見てえ」

と、目を剝(む)いて言った。

どうやら、ふたりは何か手助けするつもりで来たようだ。

「来てもいいが、手出しするなよ」

利助たちが下手に手を出せば、佐原たちに斬られる恐れがあった。それで、隼人は利助たちに声をかけなかったのである。

「へい」

利助と綾次がいっしょにうなずいた。

隼人たち三人は、八丁堀沿いの道を通って、京橋に出た。橋のたもとに野上と清国が、待っていた。

「清国どのも、いっしょですか」

隼人が、野上と清国に目をむけて言った。野上はひとりで来ることになっていたのだ。

「いや、清国がな、どうしても同行したいと言うので……」

野上は照れたような顔をして言葉を濁した。

「それがしが、お師匠に連れていっていただきたいと頼んだのです」

清国が小声で言った。

おそらく、清国は野上の身を案じているのだ。野上があやういとみれば、加勢するにちがいない。

利助たちにしろ清国にしろ、佐原と山崎が遣い手であることを知っていて、心配しているようだ。

「清国は手出しせぬ。……落し竜と払い竜の太刀を見るだけでも、修行になるかと思ってな」

「邪魔にならぬよう、後ろで見させていただきます」

清国が殊勝な顔をして言った。

隼人は清国の気持ちも分かったので、ちいさくうなずいただけで、何も言わなかった。

隼人たち五人は京橋を渡ると、橋のたもとを右手におれて京橋川沿いの道を西にむかった。

陽は西の家並の向こうに沈みかけていた。まだ、淡い西陽が残っていたが、あと小半刻（三十分）もすれば、暮れ六ツ（午後六時）の鐘が鳴るだろう。

隼人たちは京橋にかかる中ノ橋の手前まで来ると、

「旦那、こっちで」

利助が言って、左手の路地に入った。路地の先に、佐原たちの隠れ家がある。

路地を入ってすぐ、小体な下駄屋の脇に大草が待っていた。暮れ六ツごろ、隼人たちは隠れ家につづく路地の入り口で、浅野たちと待ち合わせることになっていたのだ。

「浅野どのと、青山どのは」

隼人が訊いた。浅野たちの姿がなかった。

「さきほどみえたのですが、念のために隠れ家を見てくると言って行きましたが、すぐにもどるはずです」

大草によると、浅野たちは隠れ家を見張っていた菊川といっしょに様子を見に行ったという。

「それで、佐原と山崎はいるのか」

隼人が訊いた。

「おります」

大草によると、昼前に菊川とふたりでここに来て、佐原と山崎が隠れ家にいることを確認してからずっと見張りをつづけているという。

そんなやり取りをしている間に、浅野と青山がもどってきた。ふたりの話によると、佐原と山崎は家のなかにいるらしく、ふたりの話し声が聞こえたという。

「菊川どのは？」

「念のために、隠れ家を見張っている」

浅野が隼人と野上に目をむけて言った。

「それで、家の出入り口は」

隼人が訊いた。裏手から出られるなら、念のため裏手もかためねばならないとみたのである。

「出入り口は、表の戸口だけらしい」

浅野が言った。

「それなら、表から踏み込めばいいな」

隼人は正面から踏み込み、佐原と山崎を外に連れ出して闘った方がいいと思った。狭い家のなかで、入り乱れて闘うと思わぬ不覚をとることがあるし、同士討ちする恐れもあるのだ。

隼人がそのことを話すと、浅野や野上はすぐに承知した。浅野たちも、家のなかでの乱闘は避けたかったのだろう。

「そろそろだな」

野上が西の空に目をやって言った。

すでに、家並の向こうに陽は沈んでいた。西の空には茜色の夕焼けがひろがっていたが、家々の軒下には淡い夕闇が忍びよっている。まだ、暮れ六ツの鐘は鳴っていないが、路地の人影はすくなくなっていた。迫りくる夕闇に急かされるように、ぼてふりや仕事を終えた出職の職人などが足早に通り過ぎていく。

6

　暮れ六ツの鐘が鳴った。

　路地の人影が急にすくなくなり、路地のあちこちから表戸をしめる音が聞こえてきた。

　隼人たちは、佐原と山崎の住む家の斜向かいにいた。そこには、わずかばかりの空き地があった。その空き地の笹藪(ささやぶ)の陰で、隼人たちは闘いの仕度をしていた。闘いの仕度といっても、袴の股だちを取り、両袖を襷で絞るだけである。

「行くか」

　野上が男たちに声をかけた。

　その場に来ていた男たちは、路地に出て佐原たちのいる借家に足をむけた。

　暮れ六ツの鐘が鳴りやんで、いっとき過ぎていた。路地沿いの店は表戸をしめ、人影もほとんど見られなくなっていた。笹藪の陰や家の軒下の夕闇が濃くなっている。

　借家の近くまで来て、利助、綾次、大草、菊川の四人が足をとめた。家のなかには踏み込まず、戸口近くで闘いの様子を見ることになっていた。何かあれば、家に飛び込む気でいるのだろう。

「あけます」

　表戸に手をかけ、青山が引いた。戸はすぐにあいた。

土間の先が、畳敷きの狭い座敷になっていた。居間であろうか。火鉢や行灯が置いてあった。そこには、だれもいなかった。その座敷の奥の障子はしめてあり、行灯の灯が仄(ほの)かに映じていた。その障子に、かすかな人影があった。

佐原と山崎は、そこにいるようだ。物音も話し声も聞こえなかった。家のなかは静寂につつまれている。佐原たちは、戸口の様子をうかがっているようだ。引き戸をあける音と、隼人たちが土間に入ってきた気配を察知したのだろう。

「佐原、山崎、姿を見せろ!」

浅野が声をかけた。

すると、障子の向こうでひとの動く気配がし、畳を踏む音につづいて、ゆっくりと障子があいた。

姿を見せたのは、佐原と山崎である。佐原は左手に小刀を持ち、山崎は大刀を引っ提げていた。そばに置いてあったそれぞれの刀を手にして立ったようだ。

「来たか!」

佐原が、土間に立っている隼人たちを見すえて言った。

「上意により、われらが討ちにまいった!」

浅野が鋭い声で言うと、

「佐原、山崎、覚悟！」

と、青山が声を上げた。

「何が、上意だ。藩とはかかわりのない者がいるではないか」

佐原の顔に怒りの色が浮いた。

「おれは、うぬらに斬られた深井と霧島の敵を討ちにきたのだ」

野上が佐原を見すえて言った。

「道場主の野上か」

佐原の顔に警戒の色が浮いた。野上の腕のほどを耳にしているのだろう。

「そうだ。佐原、勝負しろ！」

野上が、座敷に踏み込む気配を見せた。

すると、佐原の脇に立っていた山崎が、

「敵は多勢だ。勝ち目がないぞ」

と、顔をこわばらせて言った。

「怖じ気付いて逃げれば、このまま踏み込んで斬る！」

浅野も、左手で刀の鍔元を握り座敷に踏み込む気配を見せた。

「うむ……」

佐原はすばやく、周囲に視線をまわした。逃げ場を探したようだ。戸口から飛び出すには、浅野や野上のいる土間を突破せねばならない。

「山崎、ここで勝負するしかないようだぞ」

そう言って、佐原は手にしていた小刀を腰に差した。払い竜を遣うつもりらしい。

「おのれ！　返り討ちにしてくれるわ」

山崎が昂った声で言い、慌てた様子で大刀を腰に帯びた。

「ここは狭い。表に出ろ」

浅野が声を大きくして言った。

「よかろう」

佐原がゆっくりとした足取りで、座敷から出てきた。

山崎も、けわしい顔をして佐原につづいた。

戸口から出た浅野たちと佐原たちは、路地にひろがって相対した。

野上は佐原と対峙したが、ふたりともすぐに抜刀しなかった。両腕を脇に垂らし、相手を見すえている。

野上からすこし離れた路地沿いの店の脇に、清国の姿があった。けわしい顔で、野上と佐原の動きを見つめている。

浅野と山崎は、野上たちから二十間ほど離れた場所で対峙していた。すでに、ふたりは抜刀し、相青眼に構えている。

浅野の切っ先は、山崎の目線につけられていた。腰の据わった隙のない構えである。一方、山崎の切っ先はやや低かった。浅野の喉のあたりに付けられている。この構えから、落し竜の初太刀をはなつのだ。山崎の手にした長刀が、夕闇のなかでにぶい銀色にひかっている。

青山は山崎の左手にいた。青眼に構えた刀の切っ先を山崎にむけている。山崎の隙を見て、斬り込むつもりらしい。

隼人は、野上と浅野のなかほどに立っていた。そこは路地からすこし離れた狭い空き地で、雑草におおわれていた。隼人は野上と浅野の闘いの様子を見て、形勢の悪い方に助太刀にくわわるつもりだった。

辺りは淡い夕闇につつまれ、ひっそりと静まっていた。路地沿いの店は表戸をしめ、かすかに灯が洩れている。

対峙した男たちは、動かなかった。夕闇のなかで、黒い塑像のように立っている。時のとまったような静寂と息詰まるような緊張が辺りをつつみ、男たちの手にした刀身が、夕闇のなかにくっきりと浮かび上がっている。

「行くぞ！」

山崎が声を上げ、足裏を擦るようにして間合をせばめ始めた。見事な寄り身だった。長刀が、獲物に迫る銀蛇（ぎんだ）のように浅野に近付いていく。

対する浅野は動じなかった。どっしりとした腰で微動だにせず、山崎の動きを見すえている。

一方、青山は青眼から八相に構えなおし、すこしずつ間合をせばめていた。その全身に斬撃の気が高まっている。

ふいに、山崎の寄り身がとまった。まだ、一足一刀の間境から二歩ほどの間がある。この間合からでは、落し竜を仕掛けることはできない。

……山崎は、青山の動きを警戒している。

と、隼人はみてとった。

青山が斬撃の間境に迫ってきた。全身に気勢が満ち、いまにも斬り込んでいきそうな気配がある。

とそのとき、ふいに山崎が青山の方に体をむけ、
イヤアッ！

と、裂帛の気合を発した。

瞬間、青山の動きがとまり、身が硬くなった。「驚（きょう）」である。剣術には驚、懼（く）、疑（ぎ）、惑（わく）と呼ばれる四つの戒めがある。驚はおどろき、懼はおそれ、疑はうたがい、惑はまどいである。四つのなかのひとつでも心の内に生ずると、己の心が乱れ、隙が生ずるといわれている。

この一瞬の隙を、山崎がとらえた。

すばやい踏み込みで、斬撃の間境を越えると、長刀を袈裟に斬り下ろした。

一瞬、青山は上体を後ろに倒すようにして、山崎の斬撃をかわしたが、間にあわなかった。

青山の肩から胸にかけて、着物が斜に裂けた。あらわになった肩先から血が流れ出たが、それほど深い傷ではなかった。

青山は腰がくずれてよろめいた。無理な体勢で後ろに身を引いたためである。

山崎がさらに踏み込んで二の太刀をあびせれば、青山を仕留められたはずだが、山崎は反転した。

このとき、浅野がすばやい動きで斬撃の間合に迫っていたからだ。

タアッ！

トオッ！

突如、浅野と山崎の気合がひびき、ふたりの体が躍り、二筋の閃光がはしった。

袈裟と袈裟。

ふたりの刀身が眼前で合致し、青火が散った。次の瞬間、ふたりは後ろへ跳びざま、二の太刀をふるった。

一瞬の攻防である。

ザクッ、と浅野の着物の肩先が裂けた。山崎の斬撃は神速だった。太刀捌きは、落し竜とちがったが、その迅さと鋭さは落し竜のものだった。

一方、浅野の切っ先は空を切って流れた。

浅野の肩先にかすかな血の色があった。浅手らしいが、山崎の切っ先は浅野の肌までとどいたのである。

浅野は山崎と大きく間合をとると、ふたたび青眼に構え合った。山崎にむけられた浅野の切っ先が、小刻みに震えている。浅野は山崎の斬撃をあびたことで、気が昂っているようだ。

7

……浅野たちがあやうい！

と、隼人はみた。

隼人は兼定を手にし、山崎の右手に接近した。

「助太刀いたす！」

隼人は切っ先を山崎にむけた。

「なに……」

山崎の顔に戸惑うような表情が浮いた。山崎は隼人と闘わずに逃げようと思ったのかもしれない。

「山崎、覚悟！」

隼人が声を上げた。

「おのれ！」

山崎の顔から戸惑いの色が消えた。

山崎は青眼に構えた切っ先を隼人にむけると、すばやい動きで後じさり、家の戸口に背をむけた。背後からの攻撃を避けようとしたらしい。

「直心影流、まいる！」

隼人は、青眼に構えた切っ先を山崎の目線につけた。隼人は八丁堀同心としてではなく、ひとりの剣客として山崎と闘うつもりだった。

山崎も青眼に構えた。刀身を低くし、切っ先を隼人の喉元にむけている。落し竜の構えである。

……できる！

と、隼人は思った。

山崎の長刀は、夕闇のなかで銀蛇のようにひかり、隼人の喉元にむけられた切っ先には獲物を狙う蛇のように、いまにも飛びかかってくるような気配があった。

ふたりの間合は、およそ三間半。まだ、斬撃の間境の外だった。

隼人は全身に気勢を込め、気魄で山崎を攻めた。

山崎の顔に驚きの表情が浮いたが、ほんの一瞬ですぐに消えた。おそらく、隼人の構えをみて、遣い手と察知したのだ。

「行くぞ！」

山崎が一声を上げ、足裏を擦るようにして間合をせばめてきた。対する隼人は動かなかった。気を静めて、山崎の斬撃の起こりをとらえようとしている。

ふいに、山崎の寄り身がとまった。一足一刀の斬撃の間境の一歩手前である。

……この遠間から仕掛けてくる！

と、隼人は読んだ。

山崎の全身に気勢が満ち、斬撃の気配がみなぎってきた。気攻めである。

隼人は、山崎がこの気攻めから剣尖をはずして面をあけるとみていた。すでに、落し竜と立ち合っていたので、その刀法は承知していたのだ。

ふいに、山崎が一歩踏み込み、フッ、と剣尖を下げた。

……面があいた！

感知した瞬間、隼人は吸い込まれるように斬り込んだ。山崎が面をあけるのは、誘いだったのである。

だが、隼人は踏み込みを浅くしていた。頭のどこかで山崎の二の太刀を察知し、横に跳べるだけの間合を保っていたのだ。

ヤアッ！

鋭い気合を発し、山崎が刀身を逆袈裟に撥ね上げた。

キーン、という刀身のはじき合う音がし、青火が散って、隼人の刀身がはじかれた。

次の瞬間、隼人と山崎は二の太刀をはなった。

隼人は右手に跳びながら、撥ね上げられた刀身を横に払った。一瞬の太刀捌きである。

山崎は撥ね上げた刀身を返しざま袈裟に斬り下ろした。

逆袈裟から袈裟へ。落し竜の二の太刀である。

隼人の着物の肩先が裂けた。山崎の落し竜の太刀は、隼人が右手に跳んだため、切っ先が着物を裂いただけで空を切ったのだ。

一方、山崎の左袖が横に裂け、二の腕から血が迸り出た。横に払った隼人の切っ先が、山崎の腕をとらえたのだ。

「お、おのれ!」

山崎が目をつり上げて叫んだ。青眼に構えた刀身が、揺れるように震えている。

「浅野どの、いまだ!」

隼人が叫んだ。

このとき、浅野は山崎の左手に迫っていた。

イヤアッ!

鋭い気合を発し、浅野が山崎の左手から斬り込んだ。

振りかぶりざま袈裟へ。

瞬間、山崎は反転して浅野の斬撃を受けようとした。だが、間に合わなかった。

浅野の切っ先が、振り向いた山崎の首をとらえた。

ビュッ、と血が飛んだ。

浅野の一颯が山崎の首筋を抉り、血管を斬ったのだ。

山崎は悲鳴も呻き声も上げず、血を撒きながらよろめいた。そして、足がとまると、朽ち木が倒れるように転倒した。

俯せに横たわった山崎は四肢をモソモソと動かしていたが、顔をもたげることもできなかった。動きはすぐりとまり、体から力が抜けてぐったりとなった。

「討ち取った……」

浅野が血刀をひっ提げたままつぶやいた。

隼人は野上と佐原に目を転じた。ふたりの勝負は、まだ決していなかった。三間半ほどの間合をとったまま対峙している。

隼人は野上のそばに走り寄った。清国の姿も、野上の後方にあった。身を隠していた店の脇から路地に出てきたらしい。

「手出し無用！」

野上が強い口調で言った。

野上の顔には、猛虎を思わせるような覇気と凄みがあった。顔が赭黒く紅潮し、双眸が炯々とひかっている。

すでに、野上と佐原は何度か斬り合ったらしい。野上の着物の左の肩先が裂けていた。血の色はないので、佐原の切っ先は肌までとどかなかったようだ。

一方、佐原は右の前腕が血に染まっていた。野上の切っ先が佐原の籠手をとらえたらしい。だが、それほどの深手ではないようだ。佐原の構えは腰が据わっていたし、小刀の切っ先に震えもなかった。

野上は青眼に構えていた。対する佐原は、小刀を手にした右手の肘をすこし曲げ、切っ先を高くとっていた。この構えから、払い竜の初太刀をはなつのである。

佐原が先に仕掛けた。足裏を擦るようにして、間合をつめていく。

佐原の構えはすこしもくずれなかった。野上は下から突き上げてくるような威圧を感じているはずである。

と、野上も動いた。

ジリジリと間合をつめていく。

ふたりの間合が、一気にせばまった。ふたりの全身に気勢が満ち、斬撃の気配が高まってきた。

ふいに、佐原が寄り身をとめた。まだ、斬撃の間境の半歩手前である。この間合から、佐原は小太刀の切っ先を下げて面をあけるはずだ。

とそのとき、野上の全身に斬撃の気がはしった。

イヤアッ！

裂帛の気合を発し、野上がいきなり踏み込みざま斬り込んだ。

野上が先をとったのだ。

真っ向へ。やや遠間から、野上の切っ先が佐原の面へ鋭く伸びた。

瞬間、佐原が小太刀を逆袈裟に撥ね上げ、野上の斬撃を受けた。払い竜の初太刀である。

刀身のはじき合う金属音がひびき、青火が散って、野上の刀身が撥ね上がった。が、佐原の腰がくずれた。野上の斬撃が一瞬迅く、佐原が体勢をくずしたまま野上の斬撃を受けたためである。

佐原はすばやく体勢をたてなおすと、払い竜の二の太刀をはなった。だが、間合がすこし遠かった。横一文字に払った小刀の切っ先が、野上の首筋をかすめて流れた。

佐原の斬撃が流れた瞬間、野上が二の太刀をふるった。

真っ向へ。鋭い斬撃である。

切っ先が、佐原の側頭部をとらえた。

にぶい骨音がし、頭部が柘榴(ざくろ)のように割れ、血が飛び散った。野上の一撃が、佐原の頭蓋を砕いたのだ。

一瞬の攻防だった。

佐原は背を反らせてつっ立ったが、朽ち木のようにドウと倒れた。

伏臥した佐原は、動かなかった。かすかに四肢が痙攣(けいれん)しているだけである。首筋から流れ落ちた血が、地面を赤く染めていく。

野上は血刀を手にしたまま佐原のそばにゆっくりと歩を寄せると、ひとつ大きく息を吐いた。すると、昂(たかぶ)っていた気が静まってきたらしく顔から猛々(たけだけ)しさが消え、ふだんのおだやかな表情に変わってきた。

隼人と清国が、野上のそばに走り寄った。

「これで、深井と霧島の敵が討てた」

野上が、つぶやくような声で言った。

辺りは、濃い夕闇につつまれていた。路傍に立った男たちは、いっとき横たわっている佐原と山崎の死体に目をやっていたが、

「佐原と山崎を、家に運び込むぞ」

と、浅野が男たちに声をかけた。

死体を路地に放置したのでは、明朝、通りすがりの者や近所の住人の晒者になる。浅野は死人に罪はないと思ったのだろう。

第六章　懐妊

1

「旦那、降りそうですね」

利助が上空に目をやりながら言った。

隼人、利助、綾次、それに大草の四人は、奥州街道(おうしゅうかいどう)を千住宿にむかって歩いていた。

空は雲におおわれていた。いまにも、降ってきそうである。街道沿いは田畑がひろがり、畦(あぜ)や野辺は若草におおわれ、木々は新緑につつまれていたが、ひらけた景観も何となく薄暗く重苦しく見えた。

五ツ（午後八時）過ぎだった。街道には、旅人、駄馬を引く馬子、駕籠、雲水などが行き交っていたが、雲行きのせいか、足早に通り過ぎていく。

隼人たちは、旅に出るわけではなかった。隼人は黄八丈の小袖を着流し、黒羽織の裾を帯に挟む八丁堀ふうの格好をしていた。大草は、羽織袴姿で二刀を帯びている。

利助たちは着物を裾高に尻っ端折りし、股引を穿いていた。四人とも、ふだん町を歩いている格好である。

「いや、晴れてくるかもしれんぞ」

隼人は西の空の雲がうすく、明るくなっているのを見て言った。

「ともかく、千住宿まで急ぎましょう」

大草が、口をはさんだ。

払暁前、隼人は八丁堀の組屋敷を出立して奥州街道に出ると、両国を経て浅草にむかったのだ。

途中、浅草御門の前で利助と綾次が待っていた。さらに、奥州街道を北にむかい、吾妻橋のちかくの街道沿いで待っていた大草と顔を合わせ、四人でここまで来ていたのだ。

「浅野どのたちは、来ているかな」

千住宿で、浅野たちと合流することになっていた。

隼人や浅野たちが、佐原と山崎を討って半月ほど経っていた。この間、彦里藩の家中では、さまざまな動きがあった。

大目付の滝沢の指図により、浅野たちは捕らえた猿島や島村を吟味するとともに、さらに岸田屋と益子屋を調べた。両店とも店側に不正や落ち度があったわけではないので、浅野たちの調べには協力的だった。求めに応じて帳簿類や請書なども隠すことなく、差出したようである。その結果、浅野たちの読みどおり、御留守居役の室田が不正を行っていたことが明らかになってきた。また、国許では、勘定奉行の北畑惣右衛門が室田と結託しているらしいことも分かってきた。

そのようなおり、浅野が八丁堀の組屋敷に姿を見せ、

「室田が、藩邸から姿を消したのだ」

と、こわばった顔で言った。

浅野が話したことによると、昨日の朝、室田が屋敷から出たらしいことは分かったが、その後の足取りはつかめていないという。

「どういうことだ」

隼人が訊いた。

「悪事が露見し、江戸のご家老から国許におられる殿に上申される前に、室田は国許へ帰って手を打つつもりなのだ」

「どんな手を打つのだ」

「国許の北畑と結託し、江戸から上申される前に殿に会い、ご家老からの上申はわれ

らを罪に陥れるための捏造だと言い張るのではないかな。……むろん口だけでなく、北畑たちの主張を裏付ける書類や口上書を殿に見せるだろう」

浅野が怒りの色をあらわにして言った。

「そのような物があるのか」

「ない。それこそ、北畑たちの捏造だが、殿は北畑たちの主張を聞き入れないとはかぎらない」

浅野によると、室田や北畑の配下の者に命じれば、思いどおりの口上書を書かせることができるし、帳簿類の込み入った記載は藩主には、分からないだろうという。

「いずれにしろ、このまま室田を国許にやると、面倒なことになる」

浅野が強い口調で言った。

「それで」

「ご家老と滝沢さまは、室田が江戸を出る前に捕らえろ、とのおおせなのだ」

「……………」

隼人も、室田を江戸で取り押さえた方がきっちりと始末がつくのではないかと思われた。

「明日にも、室田は江戸を発つらしい」

浅野が言った。

「よく分かったな」

「上屋敷にいる室田の配下の使役を押さえて、口を割らせたのだ」

使役が話したことによると、室田は三日ほど前から旅仕度をととのえ藩邸からすこしずつ運び出していたという。

「それに、配下の加藤、それに潮田（しおだ）峰三郎（みねさぶろう）、前島（まえじま）庫之助（くらのすけ）も藩邸や町宿から姿を消しているのだ」

浅野によると、潮田と前島も室田の配下だという。ふたりはあまり表には出ないが、室田の意を受けて動くことが多いそうだ。

「うむ……」

どうやら、室田は加藤や潮田たちを連れて国許にむかうらしい。

「室田が、どこに身をひそめているか分からないが、明日にも江戸を発つとみている。室田にすれば一日も早く国許にむかいたいはずだし、江戸にいれば目付筋の者に見つかる恐れがあるからな」

「それで？」

「明朝、千住宿に出向き、室田たちが来るのを待つつもりだ」

浅野によると、陸奥に向かうにはかならず奥州街道を使うので、千住宿で待ち伏せれば、室田たちを押さえられるという。

「だが、室田たちが、明日江戸を発つとはかぎるまい」

「決め付けられないが、われらは明日とみている。目付筋の者が行方を探っていることは室田も承知しており、一日も早く江戸を発ちたいはずなのだ。……それに、明日室田が姿を見せなければ、われらはそのまま千住宿にとどまればいい」

浅野は旅籠に泊まる覚悟でいるという。それに、千住宿には参勤のおりに一部の藩士が定宿にする黒田屋という旅籠があり、何かと便宜をはかってくれるそうだ。

「それで、長月どのに頼みがあるのだがな」

室田が言った。

「頼みとは？」

「室田たちが、おとなしくわれらに従えばいいが、斬り合いにならないともかぎらない。宿場を出たところで仕掛けるつもりだが、街道筋で斬り合い、公儀に知れると面倒なことになる」

先に討ち取った佐原と山崎は牢人だが、室田は彦里藩の御留守居役だった。要職といっていいので、彦里藩の家臣ではないと言い逃れはできない。それに、街道筋の人目の多いところで仕掛けねばならず、彦里藩の騒動が明らかになる恐れがあるという。

「うむ……」

浅野のいうとおり、彦里藩の騒動が幕府に大袈裟に伝わる恐れがあった。この手の噂は尾鰭(おひれ)がついて、大騒動のように伝わりやすいものである。

「そこで、長月どのもわれらにくわわり、ことの次第を見届けてもらいたいのだ」

「おれが、見届けてどうする？」

「斬り合いになった場合だが、室田ではなく同行している加藤を捕らえたことにしてもらいたいのだ。岸田屋と益子屋の番頭たちを斬った辻斬りということでな」

加藤はすでに脱藩したことにしてあるので、身分は牢人だという。

「辻斬りな」

「なに、斬り合いになり、ことが大袈裟になりそうになったときだけだ」

「……………」

隼人は、浅野たちの立場も分かったが、すぐに返答できなかった。すでに、佐原と山崎を討ち取ったとき、町方としては岸田屋と益子屋の件は片付いたとみていた。それに、室田たちは牢人や辻斬りには見えないのではあるまいか。

「場合によっては、加藤をそこもとに引き渡してもいい」

浅野が言った。

「ま、いいだろう」

隼人は、成り行きによって加藤だけ己の手で捕らえる手もあると思った。それに、事件の決着を自分の目でみたい気もあった。

「だが、おれは、三日も四日も出張るつもりはないぞ」

隼人も、そこまで浅野たちに付き合うつもりはなかった。

「なに、室田たちは、かならず明朝、江戸を発つ」

浅野が、低いが強いひびきのある声で言った。

そんなやりとりがあって、隼人たちは千住宿にむかっていたのである。

2

隼人たちは、小塚原の仕置場を左手に見ながら奥州街道を北に進んだ。

前方に、中村町の家並が見えてきた。千住宿は中村町を抜け、千住大橋を渡った先までつづいている。いっときすると、街道の先に、茶屋、旅籠、料理屋などがぼんやりと見えた。

千住宿に近付いたとき、

「菊川どのです」

と、大草が前方を指差して言った。

見ると、街道沿いの茶屋の脇から菊川が姿を見せ、足早に近付いてくる。

菊川は隼人のそばに来ると、

「ごくろうさまです」

と言って、ちいさく頭を下げた。

「室田たちは、まだか」

隼人は、室田たちのことが気になっていた。隼人は暗いうちに八丁堀を出たが、室田たちが先に千住宿を通り過ぎたかもしれない。

「まだです」

「浅野どのたちは?」

「千住宿を出た先の松林の陰に身をひそめています」

菊川は見張り役で、室田たちの姿を見かけたら先回りして知らせることになっているという。

「おれたちも、先に行くぞ」

そう言い置いて、隼人たちは菊川から離れた。ともかく、浅野たちと合流して室田が通りかかるのを待つしかなかった。

隼人たちは千住宿を通りぬけ、街道沿いに松林があるところまで来た。松林といっても、わずかな疎林である。

「長月どの」

松林のなかの灌木の陰から浅野が姿を見せた。そばに、三人いた。ひとりは青山、他のふたりは初めてみる顔だった。

ふたりは、大目付の配下の田代信三郎（たしろしんざぶろう）と戸塚八兵衛（とづかはちべえ）と名乗った。室田たちを捕らえるために、浅野の指揮下にくわわったという。

「ここならば、それほど目立たぬと思ってな」

浅野によると、参勤のおりに何度か奥州街道を通ったことがあるので、この辺りの様子は分かっているという。

なるほど、千住宿と比べると閑静な地で、旅人もすくないように感じられた。振り分け荷物を肩にした旅人、駄馬を引く馬子、雲水、巡礼……などが、ちらほら通るだけである。

「ともかく、室田たちが来るのを待つしかないか」

隼人たちも松林のなかに入り、樹陰に身を隠した。

隼人たちがその場に身をひそめて、半刻（一時間）ほど過ぎたときだった。街道の先に、菊川の姿が見えた。小走りに、近付いてくる。

「来たようだ」

浅野が身を隠している樹陰から出た。

菊川は松林のなかに入ってくると、浅野たちのそばに近付き、

「む、室田たちが来ます！」

と、声をつまらせて言った。だいぶ急いで来たと見え顔が汗でひかり、苦しげに肩で息している。

「何人だ」

浅野が、すぐに訊いた。

「四人です。室田、加藤、潮田、前島……」

菊川が口早に答えた。

室田たちは四人。浅野たちは、大草もくわえれば六人、隼人をくわえて七人である。それに、室田が刀を抜いて斬り合うはずはないので、敵は三人とみていい。三人のうち、潮田と前島はそれほどの腕ではないとのことなので、圧倒的に浅野たちが有利である。もっとも、浅野は敵の戦力も読んで、田代と戸塚をくわえたにちがいない。

「よし、室田たちが近付くまで待とう」

浅野たちは街道沿いの樹陰に身をひそめた、
隼人や利助たちは、浅野たちからすこし離れた場所に隠れた。浅野たちより遅れて、街道に出るつもりだった。室田たちが抵抗せずに浅野たちにしたがえば、姿を見せる必要はないのである。

「来ました」

菊川が言った。

見ると、街道の先に旅装の武士の一行が見えた。四人。いずれも網代笠をかぶり、羽織にたっつけ袴姿で二刀を帯び、腰に打飼が巻いてあった。室田たち一行と気付かせないために、主従に見えない同じ旅装にしたのかもしれない。

「前からふたり目が、室田だ」

浅野が隼人にも聞こえる声で言った。

ふたり目の男は、痩身ですこし猫背だった。なんとなく、老齢に見える。浅野はその体軀と歩く姿から室田を看破したのだろう。

室田たち一行は、しだいに近付いてきた。後方に、駄馬を引く馬子とふたり連れの巡礼の姿があった。さらにその後ろには、菅笠をかぶった旅人の姿も見える。

隼人は街道に目をやりながら、

……これなら、騒ぎが大きくならずに済む。

と、みた。室田たちの後ろの馬子と半町ほども離れているので、斬り合いになっても、何のための斬り合いか分からないだろう。

室田たちは、松林のなかの街道に入った。しだいに、浅野たちがひそんでいる場所に近付いてくる。

「行くぞ！」

浅野が声をかけ、樹陰から飛び出した。

ザザザッ、と灌木の枝葉や地表に群生した隈笹（くまざさ）を分ける音がひびき、浅野たちが次々に街道に飛び出した。六人の男が、室田たちに迫っていく。

一瞬、室田たち四人は硬直したように身を硬くしたが、すぐに三人の男が室田のまわりに駆け寄り、刀に手をかけた。

「あ、浅野！　何のつもりだ」

室田と思われる男が、ひき攣（つ）ったような声で言った。

「辻斬りの片割れを捕らえにきた！」

浅野が声を大きくして言った。念のために、彦里藩士であることは隠して、室田たちを捕らえるつもりらしい。

「な、なに！」

室田と思われる男が、驚いたような声を上げた。

「浅野、世迷い言を言うな」

言いざま、ひとりの武士が抜刀した。

「加藤、刀を捨てろ！」

すぐに、浅野が抜いた。刀を抜いた武士が、加藤らしい。

青山たち四人も次々に抜刀したが、大草だけは抜かなかった。すこし、身を引いただけである。この場は浅野たちにまかせる気なのでろう。

潮田と前島も刀の柄を握りしめたが、すぐに抜かなかった。腰が引け、体が顫えていた。真剣勝負の恐怖で体が硬くなっているらしい。

……やはり、斬り合いになるようだ。

隼人は樹陰から街道に出た。遠方ではあるが、街道にいる馬子や旅人に、己の姿を見せておいた方がいいと思ったのだ。八丁堀同心の姿を遠方で目にすれば、町方の捕物と思うはずである。

3

「浅野、そこをどけ！」

加藤が怒声を上げた。

「うぬこそ、潔く刀を捨てろ」

そう言って、浅野が切っ先をむけたまま一歩間合を寄せた。

イヤアッ！

突如、加藤が甲走った気合を発して斬り込んできた。

振りかぶりざま袈裟へ。捨て身の斬撃だったが、気が昂り、力みがあった。太刀捌きに一瞬の迅さがない。

浅野は右手に跳びざま、加藤の腕を狙って刀身を横に払った。

バサッ、と加藤の左の袖が裂け、あらわになった二の腕から血が迸り出た。加藤はたたらを踏むように泳ぎ、足をとめると、反転した。左腕がだらりと下がっている。

「おのれ！　浅野」

加藤は叫びざま、青眼に構えようとした。だが、左腕は上がらず、垂れ下がったまま激しく震えている。骨まで達する深い傷で、筋を切断したかもしれない。

「加藤を押さえろ！」

浅野が声を上げると、そばにいた青山と菊川が加藤の刀を奪い、用意した細引を取り出して縛り上げた。

潮田と前島は抵抗しなかった。室田も喉のつまったような呻き声を洩らして、つっ立っている。

「笠を取れ」

浅野が言った。

潮田と前島は自分の手で網代笠をとったが、室田はつっ立ったままだったので、大草が笠をとった。

室田は五十がらみ、面長で浅黒い肌をしていた。鷲鼻で、肉を抉りとったように頬がこけていた。体が小刻みに顫えている。

「あ、浅野、許さぬぞ！」

室田が声を震わせて言った。

「お裁きは、殿がなされるはずだ」

浅野は、捕らえた室田たちを松林のなかに連れていくよう指示した。街道上にいては、通りかかる旅人や馬子などの目を引くので、姿を隠すのだろう。初めから、そのつもりでこの場を選んだのかもしれない。

隼人は松林のなかで浅野に近付くと、

「これから、どうするのだ」

と、訊いた。隼人は、室田たちを縛ったまま街道を連れて帰れないだろうと思った。

「捕らえた後のことも考えてある。……黒田屋の世話になるつもりなのだ」

浅野によると、この場にくる途中、黒田屋に立ち寄ってあるじに話しておいたという。

これから、青山が黒田屋まで出向き駕籠を二挺用意してもらうそうだ。その駕籠に室田と加藤を乗せ、潮田と前島は後ろ手に縛った細引を羽織でもかけて隠し、そのまま連れていくという。

「そうか」

隼人は潮田と前島に目をやった。ふたりは蒼ざめた顔をして肩を落としていた。ふたりが浅野たちに抵抗しなかったことからみても、途中騒ぎ立てるようなことはなさそうだ。

「おれの役割は、終わったようだな」

隼人は、拍子抜けしたような気がした。

早朝から千住宿まで足を運んできて、隼人がしたことは街道で出会った旅人や馬子などに、八丁堀の同心らしい姿を見せただけである。こうして、たいした斬り合いもなく済んでしまうと、何の役にも立たなかったように思えた。

「長月どの、まことにかたじけない。そこもとがいなかったら、こううまくことは運ばなかっただろう。いずれ、あらためてお礼にあがるつもりだ」

浅野が恐縮した面持ちで言うと、青山や大草も隼人に頭を下げた。


それから五日後、隼人はめずらしく市内巡視に出かけて南町奉行所にもどり、同心詰所で茶を飲んでくつろいでいた。そこに、中山次左衛門が姿を見せ、

「長月どの、お奉行がお呼びでござる」

と、いつものように慇懃な口調で言った。

「何か、ご用でござろうか」

隼人は奉行に呼ばれる覚えはなかった。それに、ちかごろ隼人がかかわるような事件も起こっていない。

「わしには、分からぬ。ともかく、ご同行くだされ」

「承知しました」

隼人は、すぐに立ち上がった。奉行の話を聞けば、すべて分かるはずである。

役宅の中庭に面したいつもの座敷で待つと、すぐに障子があいて筒井が顔を出した。

筒井は小紋の小袖に角帯姿だった。紺足袋を履いている。下城後らしい。

「長月、過日、話した件だが始末がついたかな」

対座すると、すぐに筒井が訊いた。

「……つ、つきました」

隼人は、慌てて言った。どうやら、岸田屋と益子屋の番頭と手代が殺された事件のことらしい。隼人は筒井に呼ばれ、その二件の探索にあたるよう指示されていたのだ。佐原と山崎を討ち取ったこともあり、まだ隼人は筒井に話していなかった。何かのおりに、筒井の耳に入れればいいと思っていたのである。

「下手人は佐原藤十郎と山崎峰次郎なる牢人ですが、刀を抜いて向かってきたため手にあまり、始末いたしました。……他の余罪がないか、さらに調べた上、お奉行にお知らせするつもりでおりました」

隼人は、苦しい言い訳をした。

「そうか。……実はな、昨日、城内で三上弾正(みかみだんじょう)どのに、南町奉行所の同心が千住宿近くで、彦里藩の家臣を襲った追剝ぎを取り押さえてくれたらしい、とわしに話したのだ。……同心の名は口にしなかったが、長月ではないかと思ってな」

　三上は、御側衆である。筒井と親しくしていて、城内で話をするときがあるらしい。

　咄嗟に、隼人は浅野たちが室田たちを捕らえたことだろう、と察知したが、そのことは口にせず、

「三上さまが、なにゆえお奉行にそのようなことを話されたのでしょうか」

と、訊いた。

　隼人は、三上が噂話を耳にして筒井に話したとは思えなかったのだ。

「三上どのの御母堂は、彦里藩の江戸家老の茂木どのの血縁の方らしく、三上どのは茂木どのと昵懇にされているようだ。それで、茂木どのから三上どのに、話があったのではないかな」

「さようでございますか」

　隼人は、追剝ぎの話を否定しなかった。取り押さえたのは隼人ではないが、筒井に説明することもないだろう。

　どうやら、茂木は家中の騒動が公儀に洩れないように布石を打っておいたようだ。千住宿近くの斬り合いは、町方同心が追剝ぎを取り押さえるためのものだと、それとなく幕閣の耳に入れておけば、斬り合いの話が出ても彦里藩の騒動とはみないはずで

ある。

隼人は浅野から江戸家老の茂木のことを聞いていたが、会ったこともなかった。

「三上どのによると、茂木どのは、わしにも感謝しているとのことなので、鼻を高くしたわけだ」

筒井が目を細めて言った。

「……………」

茂木はなかなかのやり手だ、と隼人は思った。町奉行に対して感謝の言葉を口にすることで、幕閣だけでなく、町奉行もうまく丸め込んだのである。その背後には、滝沢や浅野の助言もあったにちがいない。

「長月、ごくろうだったな。これからも、頼むぞ」

筒井は満足にそうに言い置いて腰を上げた。

「ハッ」

と答えて、隼人は低頭した。

4

七ツ（午後四時）ごろだった。隼人は八丁堀の組屋敷の庭に面した座敷で、訪ねてきた浅野と青山を前にして座っていた。

「それで、江戸を発つのはいつでござる」

隼人が訊いた。

浅野が隼人と対座してすぐ、近いうちに国許にむかうので、挨拶に来たことを口にしたのだ。

十日ほど前、浅野は隼人に事件で世話になった礼を言いに滝沢とともに八丁堀の組屋敷に来ていた。そのとき、浅野は国許に帰るような話はしていなかったので、その後、事件が急展開を見せたのかもしれない。

「明後日に、滝沢さまとともにな」

浅野が言った。

「此度(こたび)の件の始末をつけるためだな」

浅野たちが、千住宿の先で室田たちを捕らえてから半月ほど経っていた。この間、滝沢を始めとする浅野たち目付は、捕らえた室田たちの吟味、さらに岸田屋と益子屋から提出された帳簿類などを調べていたはずである。

「いかさま」

「それで、室田たちは吐いたのか」

「あらかた話した。もっとも、室田と加藤はなかなか口をひらかなかったがな」

浅野によると、先に捕らえて口を割っていた猿島や島村の供述を元に、室田、加藤、潮田、前島の四人を訊問したという。室田と加藤は、なかなか口をひらかなかったが、潮田と前島は猿島たちが自白していることを知ると、すこしずつ話すようになったそうだ。さらに、加藤が前島と猿島が口を割ったことを知り、訊かれたことだけは答えるようになった。

「室田は最後まで口をつぐんでいたが、観念したのか、ちかごろやっと話すようになったのだ」

浅野が言った。

「それで？」

「やはり、われらが睨んだとおりだ。岸田屋と益子屋にかかわる藩側の帳簿類に、室田自身で手をくわえたり、潮田や前島に命じて改竄したりして浮かせた金のすべてを室田たちが着服していたらしい」

「その金だが、室田ひとりで使っていたのか」

隼人は、国許にもかかわっていた者がいるはずであると思った。そうでなければ、国許の大目付の佐々木が殺されるはずはないのだ。

「いや、室田が着服した金の大半は、国許の勘定奉行の北畑の手に渡っていたらしい」

「やはりそうか」

隼人は、これまで浅野から北畑の名を聞いていた。

「北畑は、佐々木さまの手が己におよんできたのを察知し、佐原と山崎を使って襲わせたようだ」

「うむ……」

「さらに、北畑は江戸の室田も探られるのではないかとみて、佐原と山崎を刺客として江戸に送ったわけだ」

浅野の声に怒りのひびきがくわわった。北畑のやり方が、あまりに卑劣だと思ったのかもしれない。

「北畑と室田は、そうやって手にした金を何に使っていたのだ」

隼人は、ふたりが贅沢な暮らしや遊興のためにだけ使ったとは思えなかった。

「ふたりとも、己の出世のためだ」

浅野によると、北畑は国許にいる中老の鴨沢八十郎が老齢だったため、その後釜を狙っているという。北畑は着服した金を城代家老をはじめ、国許の重臣たちを籠絡するためにばらまいていたそうだ。

「室田は？」

「室田の狙いは、江戸家老の座らしい」

江戸家老の茂木はやり手だったが、病気がちなところがあるという。それを理由に、室田は北畑とともに国許の城代家老や重臣に茂木の隠居を訴えていたそうだ。

室田は茂木とあまり年齢がちがわず、しかも若いころふたりは藩主に小姓として近侍していたこともあって、出世を競い合っていたという。

「そういうことか」

隼人は、事件の裏側で暗躍していた者たちの姿がはっきり見えたような気がした。

「これで、北畑も室田もおしまいだがな」

浅野が急に声を落として言った。

「それで、北畑や室田はどうなるのだ」

隼人が訊いた。

「まだ、何とも言えん。これから、滝沢さまとともに室田や北畑の悪事をあきらかにする帳簿や書類、口上書などを国許に持参し、殿に見ていただくことになる。その後、殿から室田や北畑に罪状に応じた沙汰が下されるはずだ」

浅野によると、室田と北畑は藩庫に入るはずの金を着服しただけでなく、配下の者に命じて大目付の佐々木をはじめ深井や鶴江なども斬殺しているので切腹はまぬがれず、猿島や加藤なども、改易などの重罪に処せられるのではないかという。

「ところで、佐原と山崎だがな。あれだけの腕がありながら、なにゆえ北畑や室田の命にしたがって、凶刃をふるったのだ」

隼人には、佐原と山崎が他の藩士とちがって金で動く刺客のように思えたのだ。

「佐原と山崎は北畑の配下だが、わずか十石ほどの足軽のような身分なのだ。はっきりしたことは分からないが、北畑が中老になった後、藩の剣術指南役にとりたてるという約定があったのではないかな。それに、北畑や室田が着服した金の一部が、佐原と山崎にも渡されていたようだ」

「そういうことか」

佐原と山崎も、金と出世に目が眩んだらしい。

それから、小半刻（三十分）ほど話して、浅野と青山は腰を上げた。

浅野たちは戸口から出るおり、見送りに出た隼人に、

「ちかいうちに、江戸詰になるかもしれん。そうしたら、野上道場に通わせていただこうかと思っているのだ」

浅野が言うと、

「それがしも、江戸詰になったおりには、野上道場の門弟にくわえていただきたい」

と、青山が声を大きくして言った。

「野上どのに、伝えておこう」

隼人は、野上も喜ぶのではないかと思った。ただ、江戸詰が決まっているような口振りではないので、いつになるかわからないようだ。

隼人が浅野たちを送り出してもどると、上がり框のところでおたえが待っていた。

隼人は縁側に面した座敷に向かいながら、

「どうだ、おたえ、体の調子は」

と、やさしい声で訊いた。

七日前、おたえは朝餉の後で吐き、隼人に身籠もったことを口にしたのだ。その後、隼人はおたえの身を案じて、無理なことはさせないように気を遣ってきた。母親のおつたもそうである。

「悪いところは、ありません」

おたえは腹に手をやり、小声で答えた。

「大事にせねばな」

隼人は座敷にもどると、浅野と青山に出した茶碗に手を伸ばした。おたえが屈んだりしないで済むように取ってやろうとしたのだ。

そのとき、おたえが、アッと声を上げて、お腹に手を当てた。

「どうした、おたえ」

隼人は、屈みかけたままおたえを振り返った。

「あ、赤子が、動いたような気がして……」

おたえが、目を瞠(みひら)いて言った。

「どれどれ」

隼人は、おたえの腹にそっと手を当てた。

おたえは、隼人の手を上から押さえて、

「気のせいだったかもしれません。まだ、動くのは早いから……」

そう言って、嬉しそうに微笑(ほほえ)んだ。ほんのりと頬が赤く染まっている。

「そうだな」

隼人は、おたえのふっくらした腹と暖かい手を感じ、自分の手まで暖まってきたような気がした。

隼人の胸に、いいようのない幸せな気分が満ちてきた。

本書は、ハルキ文庫（時代小説文庫）の書き下ろしです。

時代小説文庫
と 4-25

双剣霞竜（そうけんかすみりゅう） 八丁堀剣客同心（はっちょうぼりけんかくどうしん）

著者 鳥羽 亮（とば りょう）
2013年6月18日第一刷発行

発行者 角川春樹

発行所 株式会社 角川春樹事務所
〒102-0074 東京都千代田区九段南2-1-30 イタリア文化会館

電話 03(3263)5247［編集］ 03(3263)5881［営業］

印刷・製本 中央精版印刷株式会社

フォーマット・デザイン＆シンボルマーク 芦澤泰偉

ISBN978-4-7584-3746-2 C0193

http://www.kadokawaharuki.co.jp/［営業］
fanmail@kadokawaharuki.co.jp［編集］ ご意見・ご感想をお寄せください。

(書き下ろし) **遠い春雷** 八丁堀剣客同心
鳥羽 亮
江戸市中で、町人の懐を狙った辻斬りが続けて起こった。
隠密廻り同心の長月隼人は、
続発する殺しのある違いに気付く……。

(書き下ろし) **うらみ橋** 八丁堀剣客同心
鳥羽 亮
神田鍛治町の薬種問屋に賊が押し入り、八百両もの大金が奪われた。
義賊を装う手口から、犯人は近年江戸で
跋扈する「菩薩の稲次」であると思われたが……。

(書き下ろし) **夕映えの剣** 八丁堀剣客同心
鳥羽 亮
牢人の小田切一味を追っていた定廻り同心の関口が、
返り討ちに遭い斬殺された。
隠密同心の長月隼人は、同心殺しの小田切を追い始める……。

(書き下ろし) **闇の閃光** 八丁堀剣客同心
鳥羽 亮
賊同士の抗争に巻きこまれ、命を落とした大工の与助。
息子の房助は、哀しみを背負いたった一人で
下手人を探そうと奔走していた——。

(書き下ろし) **夜駆け** 八丁堀剣客同心
鳥羽 亮
深川の飲み屋で店の親爺とその女房が斬殺された。
事件の背後には、
かつて江戸を騒がせた盗賊・黒鴨一味の影が……。

札差市三郎の女房

千野隆司

旗本・板東の側室綾乃は、主人の酷い仕打ちに耐えかねて家を飛び出す。
窮地を助けてくれた札差の市三郎と平穏な暮らしを送っていたのだが……。
傑作時代長篇。（解説・結城信孝）

書き下ろし　夕暮れの女　南町同心早瀬惣十郎捕物控

千野隆司

煙管職人の佐之助は、かつての恋人、足袋問屋の女房おつなと
再会したが、おつなはその日の夕刻に絞殺された。
拷問にかけられた佐之助は罪を自白、死罪が確定するが……。

書き下ろし　伽羅千尋　南町同心早瀬惣十郎捕物控

千野隆司

とある隠居所で紙問屋の主人・富右衛門が全裸死体で発見された。
南町同心の惣十郎は、現場で甘い上品なにおいに気づくが……。
シリーズ第2弾。

書き下ろし　鬼心　南町同心早瀬惣十郎捕物控

千野隆司

おあきは顔見知りのお光が駕籠ごとさらわれるのを目撃してしまう。
実はこれには、お光の旦那・市之助がからんでいた。苛酷な運命の中で
「鬼心」を宿してしまった男たちの悲哀を描く、シリーズ第3弾。

書き下ろし　雪しぐれ　南町同心早瀬惣十郎捕物控

千野隆司

薬種を商う大店が押しこみに遭った。人質の中には惣十郎夫婦が
引き取って育てている末三郎がいることがわかる。
賊たちの目的とは?　シリーズ第4弾。